約會大作戰 DATE A BULLET

赤黑新章 5

DATE A LIVE FRAGMENT DATE A BULLET 5

Kadokawa Fantastic Novels

「我現在非～～～常缺錢。」
精靈——時崎狂三

「嗚嗚，簡直跟供養小白臉是一樣的心情……
不過，感覺還不錯……！」
準精靈——緋衣響

「我就不確認底牌，完全沒關係。來，開始堆籌碼吧。」
Tiphareth Dominion
第六領域支配者——宮藤央瑚
Chokmah
第二領域支配者——雪城真夜

「……妳放棄對決了嗎？」
Netsah
第七領域支配者——佐賀繰由梨
Chesed
第四領域支配者——阿莉安德妮・佛克斯羅特

「由我來解決事件。調查、偵訊、找出凶手，不容分說地『吊起來審問』。」
「等、等一下……」

「從昨晚到今早這段時間，
沒有半個人闖進這棟宅邸。」
機關人偶妹妹——佐賀繰唯

「——妳的願望是什麼呢～～？」

約會大作戰
DATE A BULLET

赤黑新章

05

東出祐一郎

原案・監修：橘 公司

Kadokawa Fantastic Novels

彩頁／內文插畫　NOCO

結果，
我期望毀滅。
破壞殆盡吧，
殘殺殆盡吧，
消失殆盡吧。
因為這個世界
毫無存在價值。
所以我
——決定被殺。
約會大作戰
DATE A BULLET
赤黑新章 5
DATE A LIVE FRAGMENT 5
SpiritNo.3
AstralDress-NightmareType Weapon-ClockType[Zafkiel]

○序曲

兩名少女走在空蕩蕩的迴廊。

一名是看在任何人眼裡都覺得如花似玉的少女，烏黑的頭髮、陶瓷娃娃般的肌膚、機械錶般的眼瞳，時髦的靈裝名為〈神威靈裝・三番(Elohim)〉。

而另一名則是髮絲帶點淡紫的白色少女。她的肌膚白皙的程度與前述那名少女不相上下，不過因好奇而閃閃發亮的眼瞳則與之呈現對比。而她的靈裝也是純白，散發出有些虛幻的氣息。

若將前述那名少女比喻成閃耀的鑽石，後述的少女便是玫瑰晶。淡紅水晶般的少女輕輕依偎著璀璨的金剛石。

跳進開放的通行門的前述少女——時崎狂三，與後述少女——緋衣響正前往第七領域(Netsah)。

「狂三，好無聊喔～～我們來玩接龍吧～～」

響走膩了單調又漫長的【通天路】，積極地向狂三攀談。然而狂三卻一副心不在焉的模樣。

——狂三在思考白女王(Queen)的事。

緋王院華羽迫於愛慕之情而喪失性命。換句話說，白女王「明白戀愛是什麼樣的感情」。

她是愛上誰了呢？

越想，不祥的預感便越是濃烈……感受到一股連背脊也凍結般的惡意。

倘若白女王是反轉體，那麼她的愛慕之情肯定也是歪斜、彆扭的……那份扭曲，究竟會帶給女王何種結論？

資料太少，實在難以深入探究。

不過，若是那個人、那位人物受到女王的迫害。

自己該如何是好？如今好不容易踏入第七領域，距離第一領域（Kether）依然千里迢迢。

不僅如此，自己……

連他的名字都尚未回想起來——

愛戀之情卻與日俱增。好想聽他的聲音，好想挽著他的手一同漫步。

不，就算這些都無法實現——也只願能常伴他左右。

先前不肯正視的疑問再次浮上心頭。身為精靈時崎狂三分身的自己。

究竟為何會存在於這個鄰界？

是像其他準精靈那樣死亡後墜落到這個世界嗎？抑或是——

「狂～～三～～！」

張開眼皮後，感覺有些頭暈。響將她的臉湊了過來，鼓起雙頰，一臉氣憤的樣子。

「……」

那模樣實在很逗趣，狂三用雙手的手指按壓響的臉頰，「噗咻」一聲鼓起的臉頰洩了氣。

「喵～～！不要玩啦！把人家的臉頰當成什麼了呀！」

「我聽到妳的心聲，說希望我這麼做。」

狂三嗤嗤竊笑。響似乎因此怒氣全消，邁開腳步與狂三並肩前行。

「所以，妳剛才在想什麼？」

「我不太想說。」

「喔喔，在想那個人喔。」

立刻就被識破。狂三覺得有些難為情，撇過頭。於是，響邪佞一笑，探頭看狂三的臉。

「不～～要～～這～～樣～～」

「我～～偏～～要～～」

狂三一把抓住響的臉上下搖晃。老實說，狂三有點樂在其中。

「……話說，妳怎麼知道我在想什麼？」

「那還不簡單。當妳露出我、敵人還有其他人都不曾見過的表情，就只有在想那個人的時候了。」

狂三聞言，反射性地按住雙頰。

「……我、我露出什麼樣的表情？」

真是羞死人了。自己會想他，不是受挫失意就是興奮雀躍的時候，反正感覺表情一定春心蕩漾得沒個正經。

「一切盡在不言中。不過對狂三迷來說，可算是不容錯過的表情呢！好想裱框裝飾啊！」

「拜託不要。」

若是在此時把她這句話當耳邊風，日後她可能真的會照做，因此狂三連忙制止。

自己跟她好歹也算是交情頗深。

在第十領域（Malchut）報仇雪恨成為狂三搭檔的響，該出手時便會發揮得「淋漓盡致」，執行力十足。

她說要裱框裝飾，肯定會說到做到——

「……我假設性地問一下，妳可千萬別這麼做喔。妳預計要裱多大的框？」

「咦，當然是放大一千倍左右啊。」

原來如此。不是千分之一，而是一千倍啊。腦海裡冒出響以放大千倍的狂三臉蛋為背景，說著「諸君所愛的時崎狂三為何如此可愛啊！」這噩夢般的光景。

「聽好了，妳千萬千萬千～～～～萬不許這麼做喔。」

「好啦～～」

聽見這敷衍的回答，狂三的警戒心上升了一個等級。只要她拿出相機，立刻發布警戒警報。

「……話說，響妳也來過第七領域嗎？」

「是啊。不過，黑桃A寫了第七領域的概略給我。要看一下那封信嗎？」

「也好。一起看吧。」

響攤開信；狂三在一旁探頭看。

——是也！

「這是什麼意思啊？」

「應該是問候吧？」

——哎呀～～您好您好。多謝您平日的關照，我是黑桃A。

「這問候的態度像是個爽朗的業界人士呢。」

「那她一開始的是也是什麼意思啊？」

——關於第七領域啊，簡單歸納來說，就是以下的感覺是也。首先最大的特色是，當地領域是採取貨幣流通式是也。這是個金錢至上的世界啊～～～～～！

「為什麼突然像放高利貸似的，變得那麼惡劣啊？」

「是想要強調有錢能使鬼推磨的意思嗎……？」

——至於為什麼是採取貨幣流通式嘛，答案很簡單，因為那裡是以賭博成立的賭場領域。吃角子老虎、輪盤、麻將、撲克牌，應有盡有。對某些人而言可說是極樂天堂！

「賭博。」

「賭場領域。」

——所以，那裡詐欺和騙子橫行猖獗，請千萬小心。在下想起那先行一步的主人，長得一副男裝麗人的面孔卻被騙得一塌糊塗，才像這樣急忙寫信提醒。

「沒想到凱若特小姐長那樣，竟然容易受騙啊……」

「也加太多屬性在身上了吧！響再次啟動鼓臉模式！」

——在下先跟著絆王院瑞葉大人從第八領域(Hod)前往第九領域(Yesod)，幫忙帶一名重要的準精靈過來，若發生什麼事，希望您能保護我的主人……凱若特・亞・珠也大人是也。

「重要的……準精靈？」
「是哪位呢？」
「戀人之類的？」
「戀牌之類的？」

——準精靈律師是也。

「啊～～……（原來如此）」
「啊啊……（原來）」

——啊，另外支配者佐賀繰由梨大人是個戀妹的瘋狂科學家，製造機關人偶妹妹送往各個領域。怎麼想都異於常人，請千萬小心。

「瘋狂啊～～」

「是啊～～難怪我覺得她有點缺乏人味呢。」

——那就醬～～８８１。

「黑桃Ａ好像出沒在上一代聊天室裡的準精靈呢。」

「我不明白響妳為何會用這種比喻來形容呢。」

信件內容到此為止。兩人嘆了一口氣，折起信紙。

通往第七領域的門近在眼前，沒有封鎖。只要一觸碰，這扇門立刻就會開啟吧。

「那我們走吧。」

「話說，響，妳算是容易受騙的類型嗎？」

「嗯～～……應該算普通吧。我倒是挺自豪自己的嗅覺還算靈敏。」

「那就沒問題了。我是絕對不會受騙上當的。」

「妳這番話非常危險，很容易被打臉！」

「才不會。我有〈刻刻帝(Zafkiel)〉。」

「……用槍威脅別人，根本是幫派行為吧……」

話雖如此，狂三可是身經百戰，不需加上「準」字的精靈。

怎麼可能著了三流詐欺犯的道。況且，她們只是路過這個領域，佐賀繰由梨沒必要阻撓時崎狂三吧。

雖說第八領域和第九領域為保領域和平，阻擋過狂三的去路，但反過來說，根本沒有人敢以暴力正面對抗她。

那是當然。

她恐怕是目前鄰界中唯一的精靈。

掌控時間與影子之法則，原本該被鄰界排除在外的怪物。

「是的、是的。完全毋須畏懼。」

「說的也是～～！」

那就是時崎狂三。

兩人狂妄一笑，「啪」的一聲彼此將手疊在一起。

這裡是機關賭場。文明人最渴望的金錢往來交錯的低俗世界。

時崎狂三與緋衣響踏入第七領域——

○賭場、對決、勝者為王

「——所以，必須支付一億YP（Yui Point）來開啟通往第六領域（Tiphareth）的門！」

時崎狂三與緋衣響抵達第七領域後，向數名巡視通行門的其中一名佐賀繰唯（或許該稱為一隻或一具）攀談，請求她帶兩人拜見支配者由梨。

「——————好的，了解。」

唯聽見這個提議後僵了一下，隨後點點頭，並未露出警戒兩人的模樣，輕盈地躍上天空。

「……沒想到這麼順利呢。」

「不，話別說得太早，小心駛得萬年船。話說回來——」

響東張西望，目瞪口呆地環顧四周。雖說之前的領域都各有特色，但第七領域的這片光景也只能用奇妙二字來形容。

比如說隨處可見時鐘，錶盤上缺少了I到V的數字。向走在前頭的佐賀繰唯請求說明後，她淡淡地回答：

「這個領域通常是以下午六點到十二點這六個小時來計算一天的時間。下午六點一天開始，

凌晨十二點一天結束。」

「也就是說……一直是夜晚嘍？」

唯點點頭。

「倒是很適合有賭場的領域呢。」

大部分的賭場都是越夜越熱鬧。如此一來，倘若一整天都是夜晚，那麼賭場就能運作一整天了吧。

而高掛時鐘的建築物都閃爍著霓虹燈，華美亮麗。

「不夜城……」

夜幕低垂，建築物卻始終抗拒黑夜。街上來來往往的準精靈看起來也不同於以往，感覺有些成熟，是錯覺嗎？

街頭一名步履蹣跚的準精靈手裡拿著的東西看似酒瓶。她就瓶口直接灌入喉嚨，爽朗地唱著歌。

「其他領域很少出現酒，這裡除外。只要有ＹＰ，這個領域的居民便無所不能。」

「ＹＰ？」

「……Yui Point，唯幣的簡稱（註：唯的日文發音為yui）。」

「哎呀，妳可真受寵呢。」

「……」

唯沒有回答，只是微微歪了頭。她那透明的視線有別於在第八領域遇見的唯，似乎缺少了感情。

「——我是『量產』的，跟主人親手製作的佐賀繰唯性能不同。」

「比如說，沒有感情嗎？」

「是的。」

量產型的唯點頭回應響的問題。不知不覺間圍繞四周的其他量產型也以茫然的神情凝視著狂三和響。

「主人就在這個第七領域的中央，『IS』賭場。」

飛在前頭的響視線前方出現一棟格外高聳的大廈。

「IS……是什麼的簡稱？」

聽了狂三的提問，響邪佞一笑。

「我知道了！是『無限妹妹（Infinite Sisters）』！」

「……不是。是『妹妹中的妹妹（Imouto Sisters）』的簡稱。」

兩人由衷覺得這簡稱爛透了。

◇

廉價的椅子發出金屬嘎吱作響的聲音。佐賀繰由梨癱坐在那把椅子上，眼神冷漠地望向來訪的兩人。

白色連身洋裝的外面套上一件白袍，多麼奇妙的裝扮啊。她每次開口，鋸齒狀的尖牙便若隱若現。

「妳們想去第六領域嗎～～？」

「是的、是的，非去不可。所以，可以放我們通行嗎？」

「我們並沒有打算在這裡鬧事～～！」

由梨興味索然地旋轉椅子，回答：「這樣啊。」

嘎吱聲越發響亮，聽得狂三眉頭猛皺。

「妳能答應我們嗎？」

方才的量產型唯在狂三與響的背後排成一排，等待由梨的命令。

若是談判破裂，勢必得展開一番交戰。

「可以是可以啦～～不過，當然是有條件的嘍。」

由梨狂妄一笑。

「我就姑且聽聽看吧。至於遵不遵守，那就另當別論了。」

狂三已將〈刻刻帝〉握在手中。不愧是好戰不落人後的狂三，動不動就舞刀弄槍。響只能為她捏一把冷汗，默默在旁守望。

「也不是什麼難事啦。應該說，這個條件不容更動。聽好了，如果想讓我打開通往第六領域的門——」

——就去賺錢吧。

由梨如此告知。

「賺錢……」

「嗯，在對我開槍之前，去看看通往第六領域的門，妳們就明白了～嗯？懶得去？真拿妳們沒轍呢～」

由梨勾了勾手指後，她背後的顯示器便切換畫面。

熟悉的巨大門扉。是連結鄰界各個領域的門。

「這就是第六領域的門～來來，看到門右側了嗎？『有一個投幣口』。」

正如由梨所說，門的確用鎖鏈封鎖得很嚴實，而所有鎖鏈都連接著疑似投幣口的裝置。

由梨用手指敲了敲顯示器。

「要將唯幣投入這裡，才能解鎖開門。」

……唔嗯。狂三沉默片刻後詢問：

「能用暴力破壞嗎？」

「耳朵真硬耶，第三精靈！破壞之後會發生什麼事，我可不能保證喔。比如說，有可能會損壞【通天路】。在白女王四處現身作亂的現狀，無法連接到第六領域可是致命性的傷害。如果這樣妳還是執意破壞──」

「便不惜發動全面戰爭。」

背後的佐賀繰唯群同時舉起苦無。狂三嘆了一口氣，收起原本就要發射的〈刻刻帝〉。

看來無論佐賀繰由梨是何等人物，都不可能退讓她身為守護第七領域的支配者立場。

如此一來，只能乖乖服從。

就如同在第九領域時做的那樣，這次也必須照對方的規則走。

「……所以，該賺多少錢才行呢？」

由梨像在炫耀她那鋸齒狀的尖牙，邪佞一笑宣言：

「必須支付一〇〇,〇〇〇,〇〇〇YP來開啟通往第六領域的門！」

聽見一億這個單字，兩人啞然無言。

「我們手上連一YP都沒有耶。」

「喔喔，別擔心。造訪本地第七領域的人都能無息借貸一百萬YP，以這些錢當本金創業或賭博賺錢都行。」

由梨用大拇指彈起一枚不知從哪拿出來的硬幣。狂三接住那枚硬幣一瞧，皺起眉頭。

硬幣上刻著Q版佐賀繰唯面無表情，手比V字的圖案。

「我有問題～用一百萬YP當本金創業的話，要花多久時間才能賺到一億？」

「光要賺一千萬YP，就得花上約一年的時間吧～」

響和狂三聞言，同時嘆息。

「看來只能選擇賭博了。」「就是說啊。」

狂三將硬幣扔向影子。

「我就先代為收下了～」

影子中冒出岩薔薇（Cistus）的手，一把抓住那枚硬幣。

「……順便提醒妳們一下，那枚硬幣必須透過正當的管道進行交易，否則無法使用。換句話

說，搶劫賺來的錢不算數。」

「嘖！」狂三露骨地咂了嘴。

「那妳們加油嘍。對了，若是妳們賺錢賺到一定的程度，我會教妳們一招扭轉乾坤大發財的手段。」

由梨揮了揮手，目送兩人離開。

◇

「唉——完全不能接受呢。」

「一億、一億啊……」

「幾乎沒辦法走認真工作這條路。要花十年的時間，未免太荒唐了。」

「而且還需要生活費吧。」

響瞥了一眼自動販賣機的飲料價錢，竟然要一萬兩千ＹＰ。也就是說，若是換算成現實世界的日幣，一百萬ＹＰ相當於一萬日幣。

「我剛才請教了一下小唯小姐，她說便宜的飯店也要三十萬ＹＰ。換句話說，光靠手上的這一百萬，我們第四天開始就得露宿街頭了。要是賭運差，就更快喝西北風。」

手上的一百萬ＹＰ有點不夠用。

「先定個目標吧，今天內要把這一百萬ＹＰ翻三倍。」

「狂三，妳擅長賭博嗎？」

「不知道呢，沒有這類印象。不過，正如我剛才說的，要說爾虞我詐的經驗，倒是不少。」

「我想也是……」

「妳呢？」

「妳這問題就問對人了！本人將知無不言，言無不盡！」

「是是是。照例來說，妳好像擁有許多過人之處呢，響。」

「妳要再問得更深入一點嘛～～！我不敢說我是賭遍天下無敵手，但賭技還算有兩把刷子喔！我這個賭徒，以前可是在第六領域玩麻將玩到昏天暗地呢！」

「那麼賭徒響，首先該賭什麼來賺錢呢？」

「我看看喔。」

響盯著免費發送的第七領域賭場地圖看。

「麻將肯定不行。就算對手的實力不如我，也有可能因為賭運差而賭輸。與荷官對賭也言之過早，也別賭牌和輪盤比較保險。先跟機器賭吧。」

「機器……」

「吃角子老虎！先從這裡起步吧！」

響抓住狂三的手，拉著她衝進附近的賭場——

◇

佐賀繰由梨吐了一口氣，一群唯走向前幫她擦汗。

「天啊，她的氣勢真是有夠強大的。」

量產型唯群沒有回話。明知如此，由梨還是繼續自言自語：

「要是她堅決不從，我肯定早被送上西天了，就算我全力反擊也未必有勝算。精靈果然名不虛傳，所謂的天壤之別就是如此吧。」

由梨所言甚是。雖說時崎狂三喪失了幾分力量，但要將由梨和她周圍的量產型全部殺光依然綽綽有餘。

不過，狂三選擇妥協——遵循這個第七領域的規則。

理由只是單純想減少傷害，還是避免與其他準精靈為敵？

也抑或有可能是——

「考慮到現場另一個女孩的性命」。

「……去蒐集有關緋衣響的情報。」

「是。」

人偶們接二連三消失蹤影。由梨目送她們離去，輕輕吐了一口氣。

……結果，自己還是背負著一個使命。

這個無比重要的使命便是保護疼愛妹妹（簡單微小的願望便是常伴曾愛之人）——

第七領域夜未央。霓虹持續發出繁榮與頹敗的光芒。

佐賀繰由梨透過窗戶欣賞那幅景色，呼喚妹妹。

「小唯，在嗎？」

「——在。」

佐賀繰唯迅速從暗處現身，與剛才待在房裡的佐賀繰唯有所差異。

「構造」、材料、氣魄皆不相同。

她當然也是機關人偶——不過，各處的精細程度與其他人偶截然不同。

「跟著時崎狂三。」

「不是監視？」

「監視交給量產型負責就好，妳去跟著她們。明白我的意思嗎？妳們已經認識了吧？」

唯點點頭。由梨微笑著對她低喃：

「……過來。」

唯悄悄走向由梨，然後跪下。

由梨撫上唯的臉頰，冰冷的觸感令她眉頭深鎖。

「妳能發熱嗎？」

「能。」

微微發燙的臉頰令由梨臉上浮現滿足的笑容，她輕輕將臉頰湊上去。

「我心愛的、可愛的、至愛的唯。願妳永保生命。」

「……謝謝妳的祝福。」

由梨依依不捨地放開手。

「好了，去吧。」

唯點點頭，再次潛入暗處，瞬間消失無蹤。

時崎狂三無疑是外來者。不過，既然是外來者，自己只需要準備好相應的迎擊態勢。

「由梨大人，『那兩位到了』。」

由梨聞言，跳下椅子。

「那麼，帶她們過來——」

話只說到一半就停了，因為有兩名少女就站在唯的背後。量產型唯連忙回過頭，似乎並未察覺有人尾隨在後。

由梨並沒有責備唯的意思，畢竟這兩個怪物在異於常人的方面與自己和時崎狂三旗鼓相當。

「沒那個必要。」「……我有阻止過她。」

一方志得意滿的模樣；另一方則是嘆息。

一名身穿時髦的洋裝，腰際垂掛著一把細劍，以扇子優雅地遮掩自己的嘴。

而另一名則是穿著冬季大衣，把全身上下包得嚴實，腋下夾著一本巨大的書。

靈力強大無比，極其高深莫測。

由梨張開雙手迎接兩人。

「歡迎光臨第七領域，宮藤央珂、雪城真夜。」

「……是啊，我們要暫時在這裡遊玩一陣子了。」

「只有妳們兩人而已吧？」

雪城真夜搖頭否認。

「咦？」

「不，今天對第七領域而言似乎是特別的一天——還來了另一個人。」

由梨聞言，瞪大了雙眼。

◇

睡了一個安穩的午覺，清醒後依舊是夜晚。

「咦～～？為什麼～～？」

第四領域（Chesed）支配者阿莉安德妮・佛克斯羅特悠悠地如此低喃後，環顧四周。脖子以下是她的靈裝——〈快眠靈裝・三〇番（Nightfall）〉將自己的服裝化為睡眠（睡衣）模式，還附加棉被。多虧這件靈裝，她才能隨時走到哪睡到哪，睡眠期間還能阻斷所有細小的危害——雨、蟲、風、音等干擾。

仰望天空便能看見阿莉安德妮喜愛的黑夜，不過地上帶有霓虹五顏六色刺眼閃爍的亮光。

「啊，對喔。」

阿莉安德妮恍然大悟地點了點頭。自己是因為受「她」所託，加上有些心血來潮，以及聽說第七領域的傳聞，半嫌麻煩又半感興奮地來到此地。

一抵達便早早入睡，原本同行的友人似乎爽快地拋下自己。

真過分。阿莉安德妮鼓起臉頰。

「您醒了嗎？」

「哎喲我的媽呀。」

聽見阿莉安德妮的回答，量產型唯歪過頭。

「嗯～～沒事、沒事～～」

「那麼，在下帶您去面見支配者由梨大人。」

阿莉安德妮站起來後，將靈裝轉換成外出模式。淡藍色襯衫搭配迷你裙──「扮演」一個活潑好動的少女。

「不用了，我自己隨便到處去玩就好。」

阿莉安德妮如此說完，踏著輕盈的步伐前進。

「那怎麼行。」

量產型唯追在她後頭。阿莉安德妮毫不在意踏入附近的賭場。

吃角子老虎機震天價響的聲音、大聲歡呼的準精靈們、斜眼望著這幅光景，淡然工作的機關人偶群。

以及──

純屬偶然遇見了她。

「啊，白女王……不對，是時崎狂三。」

與穿著以純白為基調的靈裝的白女王……完全相反的姿態。身穿黑紅色靈裝的少女──時崎狂三就在現場。

◇

賭場的名稱是「OCTOPUS POT」。

「翻成國語就是章魚壺。」

「踏進去就出不來，這意思好猖狂啊～～」

狂三與響如此說完，環顧四周。

略過牌類遊戲和輪盤，首先望向吃角子老虎機。下限是一千ＹＰ，上限是一百萬ＹＰ，備有各式各樣的機臺。

「基本上轉到７７７是五十倍賠率的樣子。」

「那麼，要從哪裡開賭呢……」

響望向吃角子老虎機，低聲沉吟。吃角子老虎是機器，因此有一個攻略手段，那就是「靠目測來連線」。

現實世界中的吃角子老虎機大多靠電腦程序控制，通常早已制定中獎機率，不會讓人輕易中大獎，有些機臺在最初投幣時就已決定會開出什麼獎項。

這間賭場也有九成以上的吃角子老虎機像這樣被調整成「只會開出預先制定好的獎項」。九成。

反過來說，只剩下一成……不，恐怕是微乎其微的機臺——

「有可能純粹靠目測連線來中大獎」。

「嗯、嗯，原來如此、原來如此，長知識了。」

「不過，這只是基礎階段。問題在於要如何挑選出能以目測連線來中獎的機臺，還有要下多少賭注——」

「喔，這一點不是問題。因為我已經決定用一百萬YP一把定勝負了。」

狂三得意洋洋地挺起胸膛。

「OH, crazy！……呃，妳是認真的嗎，狂三？要是賭輸就回家吃自己了耶！欠債人生！吃土喝西北風！縮衣節食！兩人相依為命神田川！住四張半榻榻米大小的公寓！啊，我怎麼覺得這樣好像也不錯！」

「給我住嘴。」

狂三雙手握拳，抵住緋衣響的太陽穴用力轉動後，響才恢復理智。

「……切回正題，這樣不行啦，太孤注一擲了。」

「才沒那回事呢，反而輕輕鬆鬆。」

「咦咦～～……？」

狂三不理會一臉傻眼的響，凝視著一次一百萬ＹＰ的機臺。

「我不是槍手（Gunslinger）嗎？」

「咦？嗯，是啊……不過，那又怎麼了嗎？」

狂三用手指輕觸自己的雙眼，低喃道：

「眼力要好，開槍才能命中目標吧。」

響覺得時崎狂三的左眼似乎發出滴答滴答的聲音。

儘管面帶愁容，響還是心不甘情不願地點點頭。

「我知道了。我相信妳，反正就算失敗，妳也會想辦法解決吧！再走投無路，還有神田川可去！」

「這裡沒有神田川吧。」

「妳別管有沒有。好了，去輸到脫褲吧。」

「妳是不是搞錯宗旨了啊～～？總之，岩薔薇！」

一名少女麻溜地從影子中現身。

「『我們』一起挑選機臺吧。」

「好是好，可是我想一次賭十萬就好。」

岩薔薇說完，狂三志得意滿地笑道：

「我喜歡速戰速決。」

一百萬ＹＰ專用的機臺共有五臺。每一臺都座無虛席，從剛才就不斷有賭客把賭別類遊戲贏來的ＹＰ投入吃角子老虎機。

當然，絕大部分的賭客都敗興而歸。其中也有人投入全部財產，最後血本無歸。是有少數賭客贏錢，但占了整體不到一成。

狂三與岩薔薇從後面目不轉睛地觀察機臺的情況。

高速轉動的滾軸根本無法以目測的方式達成連線。然而，狂三與岩薔薇的眼睛卻準確地捕捉到滾軸的連線圖案。

五臺機臺中有四臺不在考慮範圍內。因為即使按下停止滾軸的按鈕，也不會以固定的間隔停止，只會開出事先定好的獎項。當然，在適當的時機挑戰機臺，開出７７７大獎也未嘗不可能。不過，為此必須嘗試幾千幾萬次機會。

然而其中只有一臺能完全以目測的方式連線。

不僅滾軸的速度遠比其他機臺快，而且三個滾軸的速度皆不相同。因此必須擁有能同時準確捕捉三個高速轉動物體的動態視力，才能完全掌控這臺吃角子老虎機。

不過，準精靈其實區分不出這些機臺的差異。就某種程度而言，是有準精靈賭技純熟，但她們並不會想捕捉高速轉動的滾軸，因為那意思就等於要她們去看清落下的雨滴。

但是——

還是有鳳毛麟角之存在能看清落下的雨滴。

少女因歷經劍林彈雨而磨鍊出這樣的眼力。

這間賭場錯就錯在為了給賭客一種人人有平等機會的錯覺，刻意放一臺不受電腦控制的吃角子老虎機——

以及運氣倒楣透頂，偏偏讓時崎狂三選中了那一臺機器。

狂三和岩薔薇面對以秒速三百公尺轉動的滾軸，各自伸出大拇指和食指做出手槍的手勢，瞄準目標，按下按鈕。

７（命中）、７（中的）、７（必中）。

就連昔日近距離看遍時崎狂三大顯神威的饗也啞然無言。

圍觀的觀眾亦是宛如凍結似的動彈不得。

她們翩然來到這間賭場，只關心最高金額的吃角子老虎機，觀察一會兒後就突然投幣開賭。

然後，居然就按出了三個７。

在吹奏樂響起的期間，機臺噹啷噹啷地吐出五十枚一百萬ＹＰ硬幣。

周圍同時歡聲雷動。玩最高金額的吃角子老虎機，一次便開出夢幻的７７７大獎，實在非常人所為啊。

一些眼尖的準精靈還發現她們之所以能選中三個7，並非單純走運——而是全憑她們卓越超群的好眼力。

「這樣就賺到了五千萬，達成一半目標。」

「那由我來保管這五千萬吧。看來必須花一點時間才能繼續下一場賭博。」

岩薔薇如此告知兩人後，便帶著硬幣跳入影子之中。

「她這話是什麼意思？」

剛才那番話聽得狂三一頭霧水。於是，響拉了拉她的衣袖。

「狂三、狂三，妳看那邊。」

響也露出些許苦澀的表情，側著身對狂三呢喃。

「——不好意思，這位客人，能耽誤您一點時間嗎？」

一名準精靈帶著部下，神情僵硬地叫住狂三。

而有一名少女在一旁窺視她們。

「這下有好戲可看了～～」

阿莉安德妮·佛克斯羅特張開她平常惺忪的睡眼，注視著被帶到經理室的兩人。

「……那個——」

「安靜一下～～」

阿莉安德妮用食指按住量產型唯的嘴脣，搖搖晃晃地邁開腳步。

◇

「能請您高抬貴手嗎？」

賭場經理準精靈深深垂下頭。本打算若受到高壓脅迫便欣然回報的狂三整個人洩了氣。

「具體而言，要我如何高抬貴手？」

賭場經理回答：

「吃角子老虎機。您用的方式是不算犯規沒錯——但我們鬥不過您。所以，以後請勿再使用吃角子老虎機。」

說完再次深深低下頭。

狂三猶豫了一下，嘆息頷首。

「好吧，我明白了。」

響露出大事不妙的表情望向狂三。不過，經理搶在響發言之前拉起狂三的手，卑躬屈膝地吶喊道：

「感謝您的諒解！剛才的ＹＰ幣算您贏的。請繼續享受本賭場其他博奕遊戲！」

——接著馬上就被趕出了經理室。

「大勢已去啦，狂三。」

「唔，此話怎講？」

「……這個嘛，我們去其他賭場轉轉吧。這樣妳就會明白我的意思了。」

狂三聽從響的提議，離開「OCTOPUS POT」，前往其他賭場。

然而——

「非常抱歉，這臺吃角子老虎機目前故障。」

「非常抱歉，請讓我們撤下這臺吃角子老虎機。」

「非常抱歉，目前全面停止使用吃角子老虎機。」

「……大勢已去呢……」

「我說的沒錯吧？」

狂三表情苦澀地瞪著賭場，裡面的工作人員剛才面帶微笑把兩人趕了出來。這已經是第三間

了。連續吃三次癟，狂三也了然於心。

她們似乎已登上第七領域的黑名單。賭場不甘心再被她們以目測連線的方式當冤大頭，利用網路讓她們變成過街老鼠。

恐怕在她們被帶進經理室時就已經通知各大賭場了吧。稍微喬裝好像也矇騙不過去。

「我自然是不用說……岩薔薇也行不通呢。」

「大概在進賭場的瞬間就被掃描指紋或眼睛了吧。」

不愧是大量持有量產型唯的地區，在機械工學方面進化到數一數二的第七領域技術已發展到分析視網膜和指紋的地步。

「哎呀、哎呀，真是傷腦筋呢。」

「也試過和荷官對賭，但贏不了什麼錢呢……」

只要她們一坐下，不論是玩二十一點還是輪盤，荷官都早早放棄賭局。若想賭大一點，就全部棄權。

這樣是不會賭輸啦，但賭贏也賺不了什麼錢。

「目前只賺到五千萬ＹＰ出頭。照這個速度，就算二十四小時泡在賭場賭錢，也要花上兩個月……不，三個月才能賺到一億。」

「我們沒那麼多時間耗在這裡慢慢賭，完全沒那種美國時間。如此一來只剩一個方法……」

「是啊。」

岩薔薇點點頭，拿出老式步槍。狂三也理所當然似的舉起短槍。

「搶劫……」

「不行啦，不是說過搶劫無效嗎！」

「肯定有一兩個準精靈願意幫忙洗錢吧。」

「嗯，感覺會有。」

時崎狂三幾乎就要把倫理觀拋諸腦後。若第七領域故意找麻煩，無論如何都不讓自己前往第六領域——

狂三考慮把她們「打個落花流水才甘願」。

「——哎，先別衝動～～」

冷不防冒出這道聲音。狂三、岩薔薇、響依序做出反應。兩人舉起〈刻刻帝〉，以準星瞄準聲音來源，而響則是準備自己的無銘天使〈王位篡奪（King Killing）〉。

「妳是誰？」

之所以會詢問對方的身分，是因為狂三強行抑制住自己開槍射擊的生存本能。

通常狂三並不會做出此等鹵莽的舉動。不過，如今狂三被逼得走投無路。

「必須殺掉對方，否則後患無窮」——隱隱有這種危機感。

若對方持有武器或是遮掩住手部，狂三勢必會毫不猶豫地扣下扳機吧。

不過，所幸〈刻刻帝〉所指的對象並未持有武器，還舉起雙手擺出投降的姿勢。

對方是一名奇妙的少女，散發出柔和悠然的氣息。長得是很可愛沒錯，但眼角放鬆得很，一副睏倦的模樣。不，就目前的狀況來看，她可能真的很睏，忍著不打哈欠。

「呼啊～～……呃～～我是阿莉安德妮．佛克斯羅特。」

「第四領域的支配者，阿莉安德妮．佛克斯羅特……！」

對這個名字產生反應的是緋衣響。狂三與岩薔薇聽見她是支配者後，再次加強警戒。

阿莉安德妮似乎很困擾，再次舉手說道：

「聽我說，我沒有要與妳們交戰的意思～～只是覺得不要搶劫比較好吧。」

「……為什麼？」

「單純覺得會造成太多犧牲。當然，是指『妳們』。」

阿莉安德妮猛力指向狂三。狂三浮現殘暴的笑容，再次握槍的指尖開始帶有殺氣。

「哎呀、哎呀，妳說的話可真有意思呢。可以請教一下理由嗎？」

「嗯～～我想妳馬上就會知道理由了。然後在那之前，我想跟妳聊聊可以嗎～～？」

令人感覺不到一絲殺氣的柔和笑臉反而讓響覺得毛骨悚然。

狂三和岩薔薇也感受到火藥味，舉起〈刻刻帝〉，全副武裝。若是阿莉安德妮有一瞬間散發出殺氣，現場便會立刻化為戰場吧。

響能明白這一點。當然，阿莉安德妮也不例外。

問題在於，阿莉安德妮完全不介意這件事。她擺出一副宛如一隻貪睡小貓的表情，時而點頭打瞌睡——迷迷糊糊地接著說：

「——妳的願望是什麼呢～～？」

「我沒必要告訴妳。」

「——妳為什麼跟白女王長得如此相像呢～～？」

「因為她是我的冒牌貨啊。妳要是能打倒她，盡量動手，別客氣。」

「——妳從第十領域不斷前進其他領域，妳打算走到哪裡呢～～？」

「走到天涯海角。會抵達哪裡，我也不清楚呢。」

「——原來如此、原來如此～～妳的本質也跟白女王一樣啊。」

聽見這句話後，旁邊的響全身寒毛直豎。

這無庸置疑是挑釁，而且是絕不能對狂三說的一句話。

果不其然，狂三立刻瞇起眼睛。這是完全視之為敵的證據。不過，阿莉安德妮毫不畏懼地回

望她。

那透明的眼瞳既無疑慮也沒有虛無，宛如風平浪靜的海洋一般平穩。

「妳和白女王的共通點是對這個鄰界漠不關心。因為，『妳覺得這個世界根本怎樣都無所謂吧』？」

「我——」

這話分明是在指責，狂三的殺氣卻產生些許動搖。

阿莉安德妮乘勝追擊般說：

「我也知道那個傳聞～～就是鄰界編排（Compile）時出現的那個吧？我領域的孩子們也偶爾會碰到——『然後就墮落了』～～」

阿莉安德妮用的是「墮落」一詞。

她說的確實沒錯。

「……可是，總比找不到生存價值來得好吧。」

阿莉安德妮聽見響說的話，將視線轉向她。

「……雖然我沒有體驗過，但那份愛戀之情肯定會成為生存下去的精神糧食吧。」

「嗯。不過啊～～那個叫作■■■■的人並不存在於這個鄰界吧？」

混入了雜音。

……狂三反射性地想開口，又立刻閉起來。不知為何，她覺得自己不該對此抱持疑問，所以自我克制。畢竟她不想讓別人知道這件事。

「狂三？」

「……不，沒事。正因為不在，我才要去見他，才想脫離這個鄰界。請不要阻撓我。」

「我知道啦～不過，只要有白女王在——『我們』就必須監視妳啊～若是妳不在我們觸手可及的範圍，那就傷腦筋了呢～」

經過片刻沉默後。

狂三語氣冰冷地輕聲呢喃：

「——妳說不只妳一人是吧。」

她們並沒有察覺。

反而可說是突如其來的攻擊。因此只有身經百戰的時崎狂三一人得以做出反應，響自然不用說，連岩薔薇都反應不及。

狂三雙手交錯，手上各持長短〈刻刻帝〉。

有兩人的無銘天使各指著她的眉心和後腦杓。

指著眉心的是針劍（Estoc），而指著後腦杓的則是從書籍浮現的死神與巨鐮。

狂三的手指已勾住〈刻刻帝〉的扳機。

剎那間情況便反轉過來。響動彈不得，岩薔薇則是按兵不動。

「——妳好啊，時崎狂三小姐。我叫宮藤央珂，擔任第六領域的支配者。」

「第二領域（Chokmah）支配者……雪城真夜。」

一名高雅的少女與看似不苟言笑的少女。

她們散發出的驚人龐大靈力，連響這種一般準精靈都感受得出來。

包含阿莉安德妮．佛克斯羅特在內——她們無疑是戰鬥型的支配者！

不過，迎擊的狂三也非比尋常。

兩人之所以在快命中時停止攻擊，是因為明白再進攻下去，「死亡」便會纏身。若再向前一步，百分之百會「被殺」。

「……我，接下來打算怎麼辦呢？」

狂三聽了岩薔薇說的話，狂妄地笑道：

「我（岩薔薇）別出手。這裡全部交給我處理。」

岩薔薇聞言，不管三七二十一地抓著響跳進影子中。

「喂！岩薔薇，妳幹什麼啊～～！」

「我認為這裡交給『她』處理比較好。我們在場的話……戰場恐怕會變得很複雜。」

「……複雜……？」

「——老實說，『妳扯後腿的可能性非常高』。」

「……」

沉默。響明白她說的是事實。自己的能力、靈力全都無法與她們抗衡，若是繼續待在那裡，就會給狂三添麻煩吧。

自己只會成為她的負累，無法成為她的助力。

這時只能依靠岩薔薇了。

這令響感到非常——非常難受。

岩薔薇嘆了一口氣，摸摸響的頭。

「別難過。『我』肯定也是情非得已。」

岩薔薇說話的聲音、語氣和時崎狂三一模一樣，這讓響覺得自己對狂三的愛慕之情被敷衍過去，感覺更加心酸了。

而處於膠著狀態的時崎狂三露出銳利的視線掃射四周。

「三名支配者，也就是說，可以當作各位打算與我為敵……是吧？」

阿莉安德妮回答——「看情勢，也不無可能～～」

「那麼企圖把針刺向我眉心的妳呢？」

宮藤央珂回答——「……老實說，我無意與妳為敵，但為了白女王，我也無可奈何。」

「從背後慎重地觀察狀況的妳呢？」

雪城真夜回答——「無論如何，我們都必須探探白女王的底細。」

……屏息般的沉默。

四人四種焦急的情緒。四人其實都「不想交戰」，但另一方面，她們心裡明白只要在這時退出就等於輸了。

既然如此，誰要在此時退出呢？

或者說，誰要在此時扣下扳機呢？在火藥味濃厚的空氣中，率先開口的是第五名少女。

「……到此為止行嗎～～？這裡是我的領域耶。」

「啊，由梨，妳總算來了。」

佐賀繰由梨拍了一下阿莉安德妮的肩膀。

「哎呀、哎呀，佐賀繰由梨小姐，我們不是才剛見過嗎，什麼風把妳給吹來了？」

由梨對狂三充滿挑釁的視線視若無睹。

「嗯。妹妹通知我不少消息，我想還是由我出面比較好吧。」

「……也就是說，我們只是妳刻意製造出對立狀態的棋子嘍～～」

阿莉安德妮鬆了一口氣。瞬間，在場所有人的殺氣都變淡了。

原本飄散的濃郁死亡氣息如今已煙消雲散，接著只有和緩的空氣流動。

央珂把針劍慢慢收回劍鞘。她毫不歉疚地告訴狂三：

「——不好意思，我完全不覺得抱歉。畢竟妳足以稱為另一個白女王，實力強大得和她旗鼓相當。我們當然得做好萬全的準備，以防妳大肆攻擊。」

接著，雪城真夜朝浮在空中的書籍揮了一下手指。

書「砰」一聲闔上，原本飄浮於虛空中的死神也跟著消失。她收回書本，將大開本的精裝書緊抱在手中。

「我從輝俐璃音夢口中聽說過妳的事。但除非親眼所見、有所體會，我是不會相信的。」

「哎呀，璃音夢過得還好嗎？」

「好得很，一樣愛說話不經大腦思考。有時候希望她別在人家傷口上撒鹽，所以我總是在想她可以再成熟一點。」

「……那可真是……拿她沒辦法呢……」

不只真夜，連央珂等其他支配者也點頭認同。

大概能理解為何輝俐璃音夢明明不是戰鬥型卻被選為支配者。

身為偶像的素質當然也是條件之一，但像她那種不知腦袋在想什麼，實際上也什麼都沒想的準精靈，或許正適合加入各個風格獨特的支配者行列。

「……所以，妳叫住我到底想做什麼？」

「畢竟這裡是第七領域嘛。」

由梨嘻嘻嗤笑，對唯伸出手。並非量產型，而是仿造原本妹妹的唯點了點頭，把撲克牌遞給由梨。

「我們來賭一場賭注五千萬的賭局。若是妳贏了，就前往第六領域；若是我贏了，妳必須暫時在這裡生活，協助我做實驗。當然，我會支付生活費，等實驗結束後，我就開放通往第六領域的門。」

「……我實在不是很想問，但具體而言是什麼樣的實驗？」

「複製人、人工生命、改造人之類的實驗，有興趣嗎？」

「沒興趣。我早就不缺那種東西了。」

狂三誇張地嘆了一口氣。

「結果，還是得賭一局嘍。」

「我也不想啊，都準備齊全了，再加上央珂的請求，我也只能答應嘍。」

「……央珂？」

「央珂她啊～算是支配者間的頭領吧～～」

「……原來如此，妳是頭領啊。」

狂三再次注視宮藤央珂。央珂嚇了一跳，全身僵硬地往後退。狂三見狀，往前踏了一步，結果央珂又退後一步。

「……為什麼要拉開距離？」

「別介意，這是我的習慣。我的個人空間範圍比別人大。」

「但是妳身旁的人倒是離妳很近呢。」

央珂看了一眼她身旁的雪城真夜。真夜若無其事地站在央珂身邊，央珂也沒太大的反應。

「噢，雪城沒關係。我的身體明白她是安全的，所以不會產生拒絕反應。」

「那我呢～～？」

「阿莉安德妮妳有點可怕，請別靠近我。」

「唔，真受傷。好過分啊～～……呼啊～～」

阿莉安德妮一副大受打擊的模樣，說話語氣卻平板無感情，接著打了一個哈欠。

「——總之，在場的五人賭撲克牌決勝負，各位沒意見吧？」

聽見真夜冷靜的聲音，狂三瞬間差點點頭答應，但立刻搖頭拒絕。

「什麼時候改變決勝負的內容了？那我不是得賭贏妳們四人才能贏嗎？」

「……我聽說時崎狂三動不動就會大打出手，想不到頭腦也挺聰明的嘛。」

真夜擺出一副意想不到的表情呢喃。

「妳是在挑釁我嗎，妳是在挑釁我吧？來啊，放馬過來啊，誰怕誰。」

當然，原本輕鬆的氛圍瞬間又一觸即發。

……然而，真夜卻歪頭不解地說：「咦，為什麼氣氛改變了？」

央珂清了一下喉嚨說：

「啊～～時崎狂三，不好意思。雪城她，那個，就是……不懂得察言觀色，已經到白目的地步了。」

「……喔，這樣啊……」

狂三點頭認同。

「怎麼這樣說人家，我只是對她讚譽有加。殘暴、強悍、聰明又漂亮，不愧是精靈呢。」

「請去掉殘暴這一項，除此以外我都欣然接受。」

「簡直就像一隻被暴力衝動驅使的大猩猩。（稱讚）」

「原來如此，妳果然還是想被殺吧！我現在就砍了妳的頭！」

「雪城～～～～！妳稍微安靜一下！」

「事情談不下去～～」

場面一片混亂。

當岩薔薇納悶狂三為何遲遲沒有露面，和響一起現身時，所有人已經精疲力盡。

「再說，事情跟原先說好的不一樣，我沒道理跟妳們對決。」

「因、因為剛才只有我一個支配者嘛……」

「原來如此。現在則多了三個，勢均力敵是嗎？」

聽了狂三說的話，由梨有些尷尬地點點頭。但狂三猜想應該不只這個原因。

「妳說賭撲克牌，我可以推斷是——其中有人比佐賀繰由梨小姐妳的賭技還要強嘍？」

說完，由梨更加尷尬地沉默不語。不過，狂三沒有錯過她的視線瞥向其他支配者那一幕。

……也就是說，萌生了欲望。由梨原本沒信心賭贏撲克牌，但這三人其中一人卻對賭撲克牌一事勝券在握。

所以才選擇對戰。

「怎麼樣？」

「說實在的，我想請妳別鬧了。」

「……」

——不過，狂三不得不接受這場對決。雖然風險高，但收益也相對大。讓第二、第四、第六領域的三名支配者承認自己的實力，明瞭自己的立場，如此一來，後半段的旅程不就可以一帆風順了嗎？

「不過，若是妳能答應我一個條件，我就挑戰這場賭局。」

「條件……？」

「各位是支配者吧？那麼若是我賭贏撲克牌，請讓我無條件通過各位管轄的領域作為勝利的報酬。」

「唔……來這一招啊。」

「那是當然，否則我沒有理由特地與支配者交手。」

「……我是無所謂。阿莉安德妮妳呢？」

阿莉安德妮揮了揮手，表示同意央珂說的話。

「我可以啊～～真夜也沒問題吧？」

「……我預定擔任荷官，不參與賭局……不過，我就回答我會仔細考慮時崎狂三的要求。」

聽見這模稜兩可的回答，狂三皺起臉，但反正第六領域和第四領域能輕鬆通過，那就再好不過了。

「詳細的規則麻煩白紙黑字製作成文件，別用口頭說明。然後請各位支配者在那份文件上簽名，當然，我也會簽。」

「了解。唉，終於結束了……累死我了。」

由梨精疲力盡似的擦拭臉龐。若是一個弄不好，第七領域早已化為了戰場，擔子有夠沉重。

「結束了～～那所有人休息吧，晚安Zzz……」

精力消耗殆盡的阿莉安德妮可將靈裝轉換成快眠模式，鑽進睡袋就寢。

「阿莉安德妮大人，請不要睡在這裡……啊啊！睡袋都攤開了！」

「宮藤央珂、時崎狂三，我要求更正。我絕對不是一個不懂得察言觀色的準精靈。我超會察言觀色的。」

「不，妳完全不會。我以第六領域支配者的稱號發誓。」

「是的、是的，妳一點都不懂得察言觀色。竟然形容人家是大猩猩。」

「妳別瞧不起大猩猩好嗎？說到大猩猩，可是溫和、強壯、穩重又知性，甚至被稱為森林的賢者呢。」

「我可沒有瞧不起大猩猩的意思！」

「況且，起碼大猩猩很帥啦！所以說妳像大猩猩是盛讚耶。」

「妳誇人的基準！太與眾不同了啦！」

「……這是怎麼回事？」

岩薔薇先向附近的佐賀繰唯詢問。分辨量產型和特製型的方法很簡單，只要看她眼睛是否炯炯有神就好。

「呃，其實是……」

聽完唯的說明後，岩薔薇抱頭苦惱。

「……妳們好歹是治理鄰界的支配者和鄰界獨一無二的精靈，沒必要爭論這種無聊透頂的事情吧……」

也難怪岩薔薇會嘆氣。

「這可是關乎我們的名譽耶，我（岩薔薇）！響，妳不覺得嗎！」

狂三回頭望向響。

響表情凶狠地快步走向真夜，指著她大喊：

「雪城真夜小姐，請妳修正妳說的話！」

「沒錯、沒錯。不愧是響，是的、是的，狠狠教訓她一頓。」

「用大猩猩這個詞彙，不足以形容時崎狂三這個女孩！聽好了，如果要比喻——」

「咦？妳的重點好像擺錯了耶。這種事情用不著深入探討吧？」

「對了，如果要比喻，應該說她如大藍閃蝶般美麗。」

「……唔，呃，這樣形容……是可以啦。」

「如虎頭蜂般狠毒。」

「響。」

「如受攻擊而負傷的棕熊般凶暴！」

「響，我有重要的事要跟妳說。」

「還有，呃，如野花般可愛。」

「怎麼形容得這麼籠統！這一點很重要！很重要好嗎！」

響害得場面越來越混亂。

◇

總之，雙方約好之後會讓佐賀繰唯把文件送來，暫時先解散。

「……結果還是要一決勝負呢。」

岩薔薇嘟囔著和狂三一樣的感想。

「嗚嗚，我的太陽穴像被十字螺絲起子剜挖那樣疼痛……」

響按著頭，低喃著殘虐的形容詞。用膝蓋想也知道，是為了她剛才的言行所付出的代價。

「然後，總之……喔喔，好痛……看她那麼強勢，果然是因為有支配者助陣吧。」

「是啊。賭局是否有正當性，全決定於背後有沒有暴力勢力存在。」

「妳的意思是，因為來了三名支配者，她才能放心跟我賭嗎？」

「……如果只有佐賀繰由梨一人，狂三妳輸了賭局後的確有可能翻臉不認帳。如今有三個人助陣，她大概覺得這是個大好時機吧。」

「反過來說，她們也沒辦法做出有失支配者顏面的事吧。代表對方不會對我們出爾反爾。」

響聽了狂三說的話，面有難色。

「怎麼了？」

「啊，嗯。對決的結果，我想應該會是公平的。但是……說起來，對決的過程會公平嗎？」

「——耍詐嗎？」

狂三立刻靈光一閃地回答。

「沒錯沒錯。那些人聚在一起，要打敗妳是輕而易舉的事。」

「我們對她們無銘天使的能力一無所知，是致命性的劣勢。」

「沒錯。不過……有一件事能確定。」

「哎呀。」「那是什麼？」

響豎起一根手指說道：

「她們無銘天使的能力不是跟賭撲克牌耍詐完全無關，不然就是必須透過應用才能耍詐。」

經過片刻沉默後，狂三也點頭贊同。

「前者是理所當然吧。畢竟哪那麼剛好，自己的無銘天使的能力恰巧就是能在賭撲克牌時耍詐。至於後者嘛——」

「我是聽傳聞、間接聽說，或是透過賣情報的人提供的消息得知，這次聚集的支配者中，至少阿莉安德妮．佛克斯羅特和宮藤央珂是奮勇的戰鬥型支配者。雖然不知道第二領域雪城真夜的無銘天使有什麼能力，但根據狂三妳的描述，我想應該是召喚戰鬥型支配者。」

「召喚戰鬥型？」

「不是以無銘天使直接戰鬥，而是利用無銘天使產生某些東西來戰鬥的類型。她的情況，恐怕是——」

「那本書吧。因為她從書裡產生死神來攻擊我。」

「……感覺還有其他東西。總之，除了佐賀繰姊妹以外，在場的其他準精靈全是以戰鬥為主軸的類型，才被選為支配者。也就是說，不適合耍詐。」

「難說喔。如果是這樣，她安排賭撲克牌又有什麼意義？」

現實主義者岩薔薇反駁，既然是對方安排的賭局，當然該以會耍詐為前提來討論。她的主張冷靜透澈，卻充滿說服力。

「……總之，不知道對方的能力也無可奈何。」

「可是，只要收集情報——」

「不，我認為『收集情報反而危險』。」

「……唔。」

響發出低吟；岩薔薇則是歪過頭。

「此話怎講？」

「這裡是第七領域，到處都是佐賀繰由梨的手下量產型佐賀繰唯。」

「實際上從剛才開始就緊跟在我們背後。」

佐賀繰唯從背後的隱蔽處俐落現身。狂三看穿她並非量產型，而是特製型——過去曾在第八領域遇見的佐賀繰唯。

「啊啊，原來如此。這下我全都明白了。我們被誘導了呢。」

「對不起。第七領域我也不熟，找不到能信賴的情報販子……而且調查的對象是支配者。」

「多餘的情報有時會讓思考變得遲鈍。響妳毋須在意。」

「可是，我們該怎麼商討對策？只要——」

響瞥了一眼背後的唯。唯有些害羞地悄悄躲於暗處，但並沒有離開現場。

「那個人在，我們根本沒辦法好好擬定作戰計畫。」

「……呵呵，哎，先不說這個了，總之去飯店吧。小唯小姐，能請妳帶我們去嗎？噢，我要住套房，否則會發飆喔。」

「好、好的！」

唯從暗處衝出來後，連忙帶領三人。

——佐賀繰唯心想。

她們所說的話大致都切中要點。

這場撲克牌賭局——雖然她自己也不太清楚——肯定打算耍詐。

勢必是打算捆綁、限制時崎狂三行動，然後利用她與白女王戰鬥。或是考慮「解剖」狂三，抓住白女王的弱點也說不定。

不過——

真的有可能達成嗎？

說起來，這真的是姊姊希望的嗎？

每次誕生時，佐賀繰唯便會無條件認知自己為佐賀繰唯，敬仰佐賀繰由梨為姊姊和主人。

只要佐賀繰由梨一聲令下，她便尾隨跟蹤輝俐璃音夢和絆王院瑞葉。

『可是啊～～不覺得那樣很扭曲嗎？』

曾厭煩地如此低喃的應該是輝俐璃音夢。這是當她還是支配者時，自己被派去監視她和收集情報的時候。

……說的沒錯。

佐賀繰唯認同她的想法。有時這種想法會令自己感到恐懼。

自己是機關人偶，只是個對佐賀繰由梨忠心耿耿的傀儡。

……本應如此才對。但不知為何，無論如何也無法否定自己內心深處沸騰的情感。

即使對象是自己的姊姊。

可怕的想法。自己明明是「被製造出來的物品」，誕生於這世上並非偶然，而是必然。

為何自己會像這樣——宛如一名普通的少女思考事情呢？

佐賀繰唯對此感到恐懼。

並且羨慕與自己相左的量產型唯。

因為她們不會煩惱，能為任務鞠躬盡瘁。

◇

SWEET，通常是指甜味。但在飯店，發音相同的單字則是SUITE，意指「一組」、「一套」。

換句話說，是足以讓人「奢侈」度過的場所。

那便是飯店裡稱為套房的地方。

「……還行，馬馬虎虎啦。」

狂三環顧飯店的房間，如此評價。唯挑選的飯店無疑是這個第七領域中堪稱一流的飯店，重視隱私，在房內絕對聽不見室外的喧囂聲。

並且——監控森嚴。

「意思是滿分嘍。謝謝妳，小唯小姐。」

響面帶微笑低頭道謝。光是這個舉動，就讓唯身體有些僵硬。

「不會。很榮幸能滿足各位的要求。」

雖然時崎狂三和她的姊妹（？）岩薔薇也很駭人，但就不同意義而言，令唯感到害怕的就是這位緋衣響。

以有別於狂信、服從的透明眼瞳注視世界，曾為空無(Empty)的少女。

自己在戰場上無往不利，只要小心她的〈王位篡奪〉，勢必能百戰百勝吧。

不過，可是——

若是戰勝她這件事是在對方的盤算之內，事情又會如何發展？

緋衣響只把自己當成步兵(PAWN)。

若是能讓時崎狂三(QUEEN)存活、勝利，她欣然戰敗。

「所以，小唯小姐，既然有緣相見，要不要聊一聊呢？」

「……不，我就不用了。」

「別這麼說嘛，我們好歹在第十領域廝殺過。」

「那不是我，是同型機。她當時已經被蒼破壞了。」

「啊，原來如此。記憶果然可以同步呢～～」

「啊，是……是的。」

響發出低吟，歪了歪頭。

「所以說，妳果然會被派到各個領域去嘍？」

「是的。利用同步性，定期去收集情報。」

「……說出來沒關係嗎？」

「是的，當然沒關係。」

……唯當然知道這次交談是在探自己的口風，但是她交代的只是一些有邏輯和情報就自然能推斷出的結論，因此她毫不猶豫地回答。

實際上，所有支配者都是以此為前提——利用佐賀綠唯。正因為她的諜報技術如此優秀，才會受到重用。

潛入敵對組織，即使喪命也會帶回情報。

由於會果斷地自我了結，拷問並不管用；或許因為是機關人偶，洗腦類的能力對她也沒效。但若是有各個領域的情報從第七領域洩露出去，她們也會有所警戒吧。

然而完全沒有這類痕跡。

第七領域既沒有利用情報威脅領域的支配者，更沒有販賣情報。

佐賀繰由梨似乎只是一心沉迷於改良佐賀繰唯的性能。

總之，唯也會透露某種程度的情報給支配者。

不過，唯判斷她透露的消息應該不會影響重要的賭牌對決。因為連她自己也不知道內情。

「……還有什麼事情要問嗎？」

「啊，那我可以問妳的事嗎？」

「嗯……咦……？我……嗎？」

聽見這句話，唯感到不知所措。

「啊，妳該不會以為我會問妳由梨小姐或其他支配者的事吧？我才不會做這麼沒有效率的事情呢～～」

「不，可是……我、我沒什麼事情可說的。」

——自己只是個機關人偶，僅只於此而已。究竟要從我身上探聽些什麼？

「妳的興趣是？」

「……我沒有興趣。」

「喜歡什麼？像是食物還是其他東西都行。」

「沒有那種東西。」

「有喜歡的電影或遊戲嗎？」

「鄰界沒有電影和遊戲……不，我知道有發現過少數類似殘留物的東西，或是有少數人製作過這類東西，但我並不感興趣。」

「這樣啊～～我想也是。」

「那麼——討厭的東西呢？」

「……這個嘛……」

一時之間差點誠實地說出口。

唯拚命自我克制——內心充滿苦悶。而緋衣響則目不轉睛地觀察她。

「『妳喜歡妳姊姊嗎』？」

緊接著被觸及內心深處不想被人觸碰的問題。

正當唯想站起的時候，狂三呢喃了一句：

「妳心亂如麻呢，佐賀繰唯小姐。」

聽見這句話，她稍微冷靜下來。

坐回椅子，端正姿勢。

「對我而言，由梨大人是姊姊也是造物主，我當然喜歡她。我思緒有些亂，不好意思。」

「別這麼說。是響不該那麼問，對吧？」

狂三莞爾一笑，響則氣呼呼地鼓起臉頰。

「我也是在用自己的方式思考怎麼賭贏這場賭局啦～～」

唯緋緊神經，提高警覺。剛才的問題果然是為了賭贏賭局的必要手段。

雖然不清楚問這個問題能達到什麼目的就是了。

……如果是主人，肯定知道她的意圖。

「啊啊，可是……不好意思，接下來能換我提問嗎？」

狂三突然如此詢問。

「——儘管問，能回答的我定當回答。」

「妳曾經感到害怕嗎？」

「……不，沒有。」

「哎呀、哎呀，妳說的是假話吧。妳是個優秀的準精靈。我這裡所說的優秀，是指『擁有非常正派的人格』。所以，妳肯定……害怕戰鬥和受傷吧？」

這句話比子彈強勁、比刀刃鋒利，在唯的心上刻下深刻的傷痕。

「不。恐懼這種情緒，我——我根本……」

「不可能沒有吧。實際上妳從剛才就一直在警戒我們。既然不害怕，又何須警戒？沒有警戒心，又怎麼有資格當一名諜報人員？」

「……妳說的確實有道理。不過，我們並不怕死。」

「哎呀，死當然——沒什麼好怕的啊。」

唯聽了這句話，歪過頭。

「人類……準精靈，自然是害怕死亡的吧？」

「我不知道有多少比例，但也有人是不怕死的。她們害怕的是其他事情。」

「其他事情……？」

「派不上用場。」

一股惡寒貫穿全身。

狂三像是要以視線射殺一般直盯著唯說：

「並非不想死，而是『不應該死在這種地方』的遺憾使她們害怕恐懼。」

「唔……」

「想必那個被蒼殺死的佐賀繰唯也是如此吧？」

這句話令唯憶起同步得知那項情報時的瞬間。

……這種事並不稀奇。為了諜報任務，佐賀繰唯們會毫不猶豫地赴湯蹈火，萬死不辭。

為了緋王院小姐，前往調查第十領域與「操偶師(Doll Master)」時也是如此。參與廝殺，被蒼輕而易舉地殺掉。

雖然逞強說沒有遺憾……

但如今的佐賀繰唯卻強烈感受到那份遺憾。

「……我的分析有錯嗎？」

「不……或許妳說的對。我害怕白白送死。」

「對吧？」

「可是，那——與各位毫無干係。」

「對啊，是的、是的，妳說的完全沒錯。好了，等客房服務的晚餐送來就休息吧。啊啊，小唯小姐也一起用餐吧。要是食物裡下了毒，問題就大了。」

「主人不可能下毒。」

「如果是我，就會毫不猶豫地下毒。」

「喂，狂三，這種事不該理直氣壯、挺胸自豪吧。」

唯也大力贊同這句話。

◇

由量產型唯送來的晚餐是上等菜餚。不過在聽到菜名是「阿米斯丹羊腿肉與生菜包切成一口

大小的酪梨、小黃瓜、番茄佐希臘風優格醬」時，狂三心想阿米斯丹羊不會是她想的那種肉吧，幸虧似乎只是普通的羊肉。這菜名取得還真是令人心驚膽顫。

響吃得津津有味，直誇好吃，感慨地低喃：

「光是吃個法國料理，感覺氣氛都變得奢華起來了呢～～」

「妳的感想這麼草率，對做菜給我們吃的人太失禮了。製作這道菜的主廚是什麼人呢？」

「不好意思，應主廚要求，不公開名字和長相。而且明天起又會換其他主廚烹調料理。」

量產型唯態度冷淡地如此回答。

「哎呀、哎呀，那真是太可惜了。不過，我們會暫時在這間飯店逗留，應該有機會再次品嚐這位主廚的好手藝吧。請問能預約嗎？」

「……我會轉告主廚。」

「——我吃飽了～～！哎呀～～真是太好吃了，對吧～～！」

響面帶微笑詢問三人。原本拒絕，最後屈服於狂三淫威之下而陪同用餐的唯也點頭贊同。

「應該沒有被下毒吧？」

「不一定喔，也有些毒發作得比較慢。」

「說起來，具體要怎麼賭都還沒決定，下毒也沒意義吧——」

量產型唯從送晚餐來的餐車悄悄拿出白色信紙。

「各位，主人吩咐我等各位用完餐後，將這封信交給妳們。」

聽見這句話，輕鬆的氣氛立刻變得緊張。

「……把資訊跟我同步，我來向她們說明。」

唯站起來走向前，量產型唯搖搖頭。

「這是我的職責。」

「……這、這樣啊。」

量產型唯前進幾步後攤開信紙，淡淡地開始朗讀。

「1．對決於七天後的晚上八點開始。賭的是德州撲克。玩家分別是佐賀繰由梨、時崎狂三、宮藤央珂、阿莉安德妮．佛克斯羅特。」

「雪城真夜擔任荷官對吧？」

唯點點頭。

「2．雪城真夜擔任荷官。為保賭局的公平性，需要她的能力。」

「也好。請繼續唸下去。」

「3．『一旦發現耍詐』便失去資格。」

「……是的、是的，說的一點都沒錯。禁止耍詐。」

「4．宮藤央珂及阿莉安德妮．佛克斯羅特兩人的排名與勝敗無關。這場賭局終究是佐賀繰

由梨與時崎狂三的對決，名次較高者為勝。」

「我有一個問題。若是我和佐賀繰由梨雙方持有的金額皆為零ＹＰ，該如何定勝負？」

「……５．不分勝負時，以各自另外借錢的形式融資再戰。若遇此情況，將由時崎狂三和佐賀繰由梨兩人一決勝負。」

「原來如此、原來如此。還沒唸完吧？還有許多重點沒提到。」

「６．德州撲克的規則請參考這本規則簡介。」

狂三接過量產型唯拿出的綠色封面規則簡介。

「……我唸完了。」

「哎呀、哎呀，完全不行呢，由梨小姐。」

時崎狂三面帶微笑，透過量產型唯對應該正在聽的佐賀繰由梨說道：

「我提出我這邊的追加條件。第一，讓緋衣響或岩薔薇作為我方成員參加賭局。」

一開始冒出的發言令在場所有人大吃一驚。

「咦……！我、我嗎，狂三？」

狂三不予理會，豎起第二根手指。

「第二，請所有人在準備好的撲克牌前面宣誓這副撲克牌沒有動手腳。尤其是雪城小姐，若她不負起這個責任，我可就傷腦筋了。禁止在撲克牌上動手腳，出老千獲勝。」

「……」

「第三，關於資金的部分。我們目前能準備五千萬ＹＰ。請其他人以此為限，準備相同的資金。超出一點金額無所謂，但若使用十億ＹＰ的資金進入持久戰，我方根本毫無勝算。」

狂三再豎起一根手指。

「第四，無論在何種場所進行賭局，都不需要觀眾。透過影像觀看倒還可以，但若是在眾人的圍觀之下，還是有出老千的疑慮。」

狂三張開手掌。

「這是我最後一個要求。當天開始賭牌的三小時前，請讓我們檢查作為對決舞臺的場所。我必須確認舞臺裝置是否有動手腳才能對決。」

量產型唯始終像凍結一般保持沉默，最後點點頭回答：

「我去向主人報告，把答覆帶回來。請稍等。」

「不，我不等。反正她能即時聽見我們的談話吧？我現在就要聽到回答。現在，立刻。」

狂三站起來，用力瞪視量產型唯無色的眼睛。

「好了、好了、好了！」

量產型唯開口——發出佐賀繰由梨的聲音。

「真可怕呢。要是不答應妳，感覺會被用槍指著。知道了啦，妳提出的第二項要求我了解了，第四項也沒問題，本來就沒有觀眾。至於第五項，我們當然也要在場吧？畢竟妳們也可能反過來動手腳。」

「當然沒問題。」

「第三項的話……最多七千五百萬ＹＰ如何？」

「太多了。五千五百萬ＹＰ。」

「七千萬。」「六千萬。」

「最多六千五百萬ＹＰ。可以吧，時崎狂三？」

「……好吧，六千五百萬就六千五百萬。」

「還有第一項要求——我不能接受。這場賭局必須由同樣身為支配者的準精靈來對決才有意義，不管她是不是妳的同伴都不行。當然，也拒絕妳身旁的時崎狂三參加。」

「唔嗯。那麼，只要是支配者等級的準精靈就沒問題了吧？」

「咦，這個嘛……」

狂三邪魅一笑，說道：

「凱若特．亞．珠也。我要她作為我的同伴，一起對抗妳們。雖說她敗給了白女王，但好歹也擔任過第三領域(Binah)的支配者，應該沒問題吧？」

「……了解，沒問題。」

由梨以冷若冰霜的聲音回答。

「不過，我也要提出條件。她使用的ＹＰ必須和妳共用，也就是說，妳們兩人持有的ＹＰ總共是六千五百萬。這一點我絕不退讓。」

太過分了。響正想開口說這句話，卻被狂三以眼神制止。不打緊，這條件的確對她們十分不利，但有比賭撲克牌勝率更大的機會。

而且啊，金額多寡「雖然重要，但不成問題」。一億也好，五千萬也罷，賭輸時瞬間便會化為烏有，這就是撲克遊戲。因此狂三認為勉強能對決的金額反而較恰當。

若是起初籌碼太多，一個弄不好便會大意或驕傲自大。狂三判斷在賭局白熱化之前，資金盡量少一點比較好。

「……好吧，沒問題。」

「那麼，再見。期待一星期後的賭局。」

「我也是。那麼，再會了。」

量產型唯抖了一下，像是清醒過來似的環顧四周。大概是理解了現狀，只見她深深低下頭。

「那麼，在下告退。」

狂三目送她推著餐車離開，吐了一口氣。

「……總算討價還價成功了。」

「呃，不好意思～～我有點搞不清楚狀況。啊，不對。我認為規則是很重要沒錯……但之後的談判是……」

響舉手發問。

唯也有一點好奇，岩薔薇則是一副老神在在的模樣喝著紅茶。

「我懶得回答，我替我解釋一下吧，『我』應該能理解我的想法吧？」

「是的、是的，當然能理解。不過……解釋起來好麻煩呀。況且，總不能當著小唯小姐的面說吧？」

岩薔薇指了指影子。

「要說祕密，請到那裡去說吧。我要待在這裡。」

「……說的也是。那麼，佐賀繰唯小姐，請在這裡稍等一下。我必須先向響解釋清楚。」

說時遲那時快，狂三一把抓住響跳進影子中。

「咦……！」

唯連忙追了上去，但手持老式手槍的岩薔薇擋下她。

「妳以為……這個第七領域的所有場所都在妳們的監控範圍內嗎？很遺憾，任何人都看管不到的影子與黑暗，正是我們支配的領域。」

狂三與響不理會對峙的唯與岩薔薇，開始在影子中竊竊私語。

◇

「所以到底是怎麼回事啊……？」

響東張西望環顧四周。儘管曾進入影子之中，但無論何時進來都還是難以習慣這沒有上下之分的黑暗之處。

「——首先，對方十之八九會耍詐。」

「……是這樣嗎？」

「妳回想一下對方的要求。『一旦發現耍詐』，就要受處罰。所以只要不被發現，愛怎麼耍詐就怎麼耍詐。」

「啊～～……妳說的有道理耶。」

當然在現實世界中只要沒被發現出老千，就不算耍詐。

不過，這裡是鄰界，是實際存在的肉體根本不具意義的世界。

要拆穿別人說謊的手段——只要肯去找，要多少有多少。但對方沒有這麼做，等於已經宣言會耍詐。

「還有另一點，對方肯定會抓我們耍詐。比起對決，指責我們耍詐以獲勝輕鬆得多。」

「妳打算耍詐吧？」

「我沒有打算不耍詐。我得讓她們後悔小看我。」

「……呵呵呵。」

「響，妳笑什麼？」

「不不不，沒什麼，沒事。」

與其說兩人在深不見底的影子中策劃詭計……更像是在教育旅行中談論悄悄話，響覺得有些開心。

「妳的要求幾乎都是在防止對方耍詐……對吧？」

「是的、是的。不過，對方肯定還是會耍詐吧。我就是看穿這一點才要耍詐贏光她們。」

「啊，另外，資金怎麼辦？」

「……這正是我煩惱的地方。賭博是比資金多寡，說得極端點，也可以想成是我方五千萬，對方則是一億九千五百萬。」

在賭博這方面，資金就好比體力。就算妳擁有一手好牌，對方棄權的話就毫無意義。體力越多越好。

「至少想再賺一千五百萬……不過，看來是不可能靠賭博贏錢了。」

「關於賺取資金，試著尋找賭博以外的方法吧。再怎麼樣，第七領域的經濟不可能只靠賭博支撐。就像這間飯店一樣，肯定有其他賺錢方式。」

「佐賀繰她們不會礙事嗎？」

「不會。在我們賺夠六千五百萬ＹＰ之前，她們應該反而會睜一隻眼閉一隻眼……要是在這時找碴，會被抗議有失公允。」

「原來如此……話說，真的要讓凱若特小姐參加嗎？」

「重點就在這裡。」

「我想她……應該會欣然接受吧。」

響有些不耐煩，把頭轉向一旁不想讓人看見。明白她是在鬧彆扭的狂三苦笑。

「很遺憾，我還無法完全信任只在第三領域短暫並肩作戰過的她……我想她不至於會背叛我們，但是要她和我們共同抗敵，時間和溝通上都有所不足。」

「咦？那該怎麼辦？」

「……」

狂三笑容滿面凝視著響。

直盯著她。

……響有不祥的預感。

「那、那個～～妳該不會是要用〈王位篡奪〉吧？」

「正確解答，響。」

「妳還真敢說耶！不過，在妳提出那項要求時，我就隱約猜到有可能是這樣了！」

「所以，能用嗎？」

「……德州撲克要賭多久？」

「要看一次下注的金額……不到一天。」

「如果只是換臉，能維持半天。可是，已經無法再複製對方的無銘天使的能力了。也就是說，我只能靠自己戰鬥……」

「這樣就夠了。」

「……？」

「恐怕賭局開始後，妳的真實身分就會立刻曝光。」

「咦！」

「對方知道妳擁有的〈王位簒奪〉的能力。要是凱若特正常出現，對方肯定會先懷疑這一點吧。」

「那、那該怎麼辦？」

「不怎麼辦，置之不理就好。只要開賭，就不會被制止。」

「……唔咦？」

響歪過頭，狂三便回答：

「妳還記得我提出的第四項要求嗎？」

「啊，記得。我想想……好像是有觀眾的話可能會妨礙賭局，所以要透過影像……對吧？我認為這是理所當然的權利。」

「聽好了，當我提出觀眾的事情時，由梨小姐是不是說『本來就沒有觀眾』？換句話說，我們的對決會透過影像播放，而且應該會『成為眾人下注的對象，賭哪一方會贏』。」

「……啊啊！」

響拍了一下手。

◇

「——所以，對方利用〈王位篡奪〉帶緋衣響出場，我們也無法拒絕吧～」

佐賀繰由梨嘆了一口氣如此說道，阿莉安德妮・佛克斯羅特便聳了聳肩回答：

「……那又有什麼關係～她之前是空無，而且無銘天使的名稱和能力也幾乎都被看穿了，並不是那種能在撲克牌上出老千的能力吧？」

雪城真夜點頭贊同她的意見。

「的確如此。反倒是凱若特・亞・珠也若真的參加，我們才麻煩吧。她的能力有許多未知的部分，不曉得我們有沒有辦法應付。」

「開什麼玩笑，區區一個空無，竟然敢參加這場賭局。」

嘟起嘴脣表露不滿的是宮藤央珂。

「……若時崎狂三獲勝，不能以此為由撤銷她的勝利嗎？」

「不不不，那怎麼行呢。小夜夜，這可是下下策啊～～就算我們同意，第七領域也不會同意吧～～」

由梨聽了阿莉安德妮說的話，點了點頭。

「這關係到我佐賀繰由梨的信用問題，萬萬不可。利用能力耍詐，後來才發現也不能判定為無效。」

這場賭局將會成為整個第七領域的大規模賭博。若是即時發現舞弊行為，觀眾勢必也能接受，但事後才說「其實有舞弊行為」，更動賭注結果後的ＹＰ也無法退還。

一個弄不好，觀眾可能會開始指責支配者。

如此一來，事態可不會只在第七領域發酵，參加的真夜、阿莉安德妮和央珂三人也會受到牽連吧。

所以，緋衣響化身成凱若特・亞・珠也的程度實在稱不上耍詐。

「唔嗯，那事情就簡單了。我們要堂堂正正地獲勝。我們可是有三個人呢，而且是雪城擔任荷官對吧？那麼肯定是絕對正義的我們會勝利。」

央珂挺起豐滿的胸膛自信滿滿地說道。真夜則是拍拍手。

阿莉安德妮偷偷對由梨咬耳朵：

「『妳沒跟她說我們要耍詐嗎』～～？」

「宮藤小姐正義感太強，我怕被她發現……」

「……妳打算一直瞞著她嗎～～？」

「可以的話，我打算這麼做……」

「我想應該不容易做到喲～～不過，既然妳希望這樣……我想辦法幫妳吧～～」

「謝謝～～拜託妳了。」

「小夜夜呢？」

「啊，我已經跟她說過了。只是她擔任荷官，無法動手腳。」

「了解了解。」

宮藤央珂對她們正在談論的內容毫不知情，獨自燃起決心。

「我絕～～～～對要打敗妳，時崎狂三！」

——一人發誓要取得勝利。

——一人試圖理解時崎狂三。

——一人投身於自己的願望中。

——一人靜靜等待時機。

◇

決定各方面事項後，狂三和響從影子離開。唯不時瞥向這邊觀察情況，一副很在意的模樣，當響笑著與她閒聊時，她便慌慌張張地開始回應。

……向佐賀繰唯攀談有兩個理由。

一個當然是希望能透過她套出一些有關佐賀繰由梨的事情。

只要得知她的為人，或許就能找到她的弱點。就算找不到她的弱點，知道她的真面目也有其意義存在。

不過，綜合至今聊過的話，實在得不到什麼有用的資訊。

「岩薔薇。」

「是的、是的。通宵達旦……對吧？知道了。」

狂三前腳剛從影子離開，岩薔薇後腳又融入影子之中，消失了身影。她現在要去收集情報。

老實說，狂三正在考慮用【八之彈】(Het)再增加一名分身。

不過，她想保留到最後再使用……既然這個鄰界沒有「他」，也只是懷抱著空虛誕生在這世上罷了。

……總之——

岩薔薇在唯也沒發現的情況下飛到飯店外，為了多少獲得一些佐賀繰由梨的情報。

而響和狂三與唯交談還有另一個理由。那就是把佐賀繰唯視為一個「獨立的個體」，將她與佐賀繰由梨切割。

不只這間飯店，第七領域的所有地方都被量產型唯所監視。

……反過來說，這會產生過多的資訊。重點是，響與唯稍微聊過後得到的結論是特製型的佐賀繰唯果然擁有個人的人格。

佐賀繰唯在侍奉姊姊由梨的同時，也是一名極為普通的少女，會思考、煩惱然後做出行動。

那就把她當作「獨立的個體」來看待，讓她脫離佐賀繰由梨的掌控。

順帶一提，這個想法是響提出的，而非狂三。雖然不曾造訪過第七領域，但響從很久以前似乎就已經在收集有關佐賀繰唯的情報了。

當然，不知道這招能不能起效用。

再怎麼樣，佐賀繰唯都不會背叛由梨吧。

不過——若是能多少動搖由梨對她的信賴，她帶回的狂三的情報就會降低可信度。

響期待達成這樣的成果，繼續與唯交談。

結果響一直和她聊到睏倦了。幾乎沒聊什麼多深的內容，只是響打開話匣子一個勁地說個不停罷了。

順帶一提，內容有百分之十是在聊自己，其餘的百分之九十都在聊狂三。

從頭聽到尾的狂三實在聽得十分難為情，決定早早鑽進被窩。

憑空產生出耳塞，塞進耳裡。時崎狂三被各種勢力盯上是事實，但她判定現狀相對來說還算安全。

倘若得隨時繃緊神經，擔心遭到暗算，沒多久就會精神崩潰。

狂三在這個鄰界度過無數個夜晚，卻幾乎不曾作夢。就算有，也不曾夢見「那個人」。

思慕的你。

魂牽夢縈的你。

意中之人。

然而自己卻想不起來，所有的一切都空白一片。

狂三彷彿沉入深海中入睡。

——然後隔天。話雖如此，由於第七領域經常處於黑夜，即使一覺醒來，外面也依然是一片漆黑。

剩下的七天，狂三等人的基本方針是利用賭博以外的方式賺取資金，一邊收集情報。

「……這是妳們需要的就業雜誌。」

狂三和響兩人開始翻閱唯遞出的雜誌。

「我看看，有在徵酒保耶。」

「調雞尾酒啊……不，還是算了。我好像還未成年。」

「咦！嗯。」

「……響，妳剛才的反應是什麼意思？」

「狂三是漂亮女孩！」

「很好。」

唯在心中吐槽：這樣好嗎？

「先不提這個了，這些工作都不行，必須找到平均一天能賺兩百萬ＹＰ的職業，要不然都只是白費功夫。」

「哪有這麼好的打工啊？」

「有喔。這個第七領域可是夜晚的城市呢。」

響之前學到了狂三臉上浮現笑容時有兩個意思，一個是「事情好玩了」，另一個則是「事情大條了」。

這次的情況是前者。

「妳的意思該不會是指有點色情的打工吧？」

「正是。」

「咦！」

鮮少人知道，其實鄰界是有智慧型手機的。雖然每次使用需要耗費些許靈力，但用來遠程通訊是最方便不過了。然而，待在第七領域的期間害怕遭到竊聽，因此盡量避免使用。

「哎呀、哎呀。」

岩薔薇目不轉睛地盯著震動的手機。

緋衣響會主動聯絡實在非常難得。大概是因為她跟狂三很親近，所以總是與岩薔薇保持一點距離。

……話雖如此，也並非抱有敵意。就支持狂三這一點而言，響與岩薔薇的立場是一致的。

「喂？什麼事？」

『岩薔薇～～！狂三……狂三她！……狂狂狂狂三她啊！』

「妳冷靜一點，發生什麼事了？被偷襲了嗎？」

『不，不是的！狂三她……變成兔子了！』

必須盡早趕回她們身邊。

岩薔薇如此下定決心。

——於是，便看見這幅光景。

「竟然是兔女郎嗎……」

「嗚哇～～～～！嗚哇～～～～～～～～！我的狂三～～狂三她變成第七領域最受歡迎的兔女郎了啦～～～～」

「響，別擋路。」

狂三打扮成兔女郎的模樣站在那裡。高跟鞋、網襪、黑色馬甲，以及兔耳髮帶。

無懈可擊的兔女郎裝扮，響則是哭著抓住狂三的腳。

「……妳在做什麼？」

「打工。」

狂三手上拿著〈刻刻帝〉……不對，是看板。看來她所謂的打工，是幫賭場打廣告。

「原來如此，打工啊。」

岩薔薇深表認同。

「快想辦法阻止她啦～～！」

「我可沒辦法。我一樣努力去收集情報，妳們兩個就盡量賺取ＹＰ吧。資金超重要的。」

岩薔薇傻眼地聳聳肩，再次消失在影子之中。

拿著錢包的準精靈已接二連三地聚集在周圍。

「……各位，歡迎光臨『OCTOPUS POT』賭場。熱烈歡迎。」

「請、請問～～」

一名準精靈戰戰兢兢地舉起手。看來是在其他賭場贏了不少，擁有大量ＹＰ。

「要塞紅包給妳嗎？」

「……這個嘛，我現在非～～～～常缺錢。不過，如果各位願意『募捐』給我——」

「願意的話？」

「我會非常開心。」

狂三綻放滿面笑容，瞬間有幾名準精靈被迷得癱倒在地。

「嗚哇～～～～嗚哇～～～～～我的～～～～～我的～～～～～」

然後，響手中緊握著ＹＰ幣。

「好了好了，妳也快點換上衣服來打工了。妳也要自己賺ＹＰ。我們兩個一起努力大賺特賺吧。」

「嗚嗚，簡直跟供養小白臉是一樣的心情……不過，感覺還不錯……！」

響哭哭啼啼地將靈裝化為兔女郎的裝扮。

「把人說得那麼難聽！我可是憑自己的能力賺錢好嗎！」

若說狂三是以黑色馬甲為基調的黑色系兔女郎，那麼響便恰恰和她相反，是除了網襪，全身純白的兔女郎模樣。

「好了，等我一下。我現在馬上調整成最討人喜愛的表情。」

響按摩一下臉龐，朝周圍的準精靈展露她的表情。

「——！」

有幾名準精靈抖了一下。她們看見的不是平常樂天積極的緋衣響。

「我生病了，來日無多……沒有ＹＰ就麻煩了……」

而是楚楚可憐的銀髮美少女兔女郎。

「嗚嗚，明知道她生病是騙人的……還是想塞紅包給她……！」

有幾個人搖搖晃晃地被響吸引過去。

「……如果我是小白臉，妳就是詐欺犯了……」

「我很努力耶，幹嘛這樣說～～！」

響對狂三感慨的低喃表示猛烈的抗議。

總之，兩名打工仔在大街上繞了一圈，替僱主「OCTOPUS POT」打廣告。

不過主要的收入理所當然是塞給兩人的紅包。

當然，僱主也默許這種行為。畢竟是準精靈自己要塞紅包給拿看板繞街的她們，僱主也不好抱怨。

況且自從兩人打工拿看板宣傳後，顧客一天平均成長了一點三倍。就算扣除之前被狂三贏走的五千萬ＹＰ幣，也有足夠的金錢在這間賭場流通。

而這樣的風評傳開來後，自然也會傳進「她」的耳裡。

「狂三大人！」

「呃，那傢伙來了。」

有人對步調一致慢步大街的狂三發出歡喜的呼喚聲。響露出嫌惡的表情回過頭，果不其然看見了那名少女。

戴著大禮帽，穿著無袖白襯衫。比起第三領域，這身裝扮更適合第七領域。她臉上有眼淚與星星的記號，以及一頭火紅的頭髮。

「在第八領域逃之夭夭的Cattle mutilation小姐！」

「我是凱若特・亞・珠（Carte à jouer）也啦！才不是那種像會誘拐牛的名字！另外，我對逃跑一事感到很抱歉！」

『喔，一陣子不見啦是也～～』

「啊，黑桃Ａ～～！」

熟識的黑桃Ａ悠哉地出聲叫喚。『我們則是好久不見嚕！』『想成是好久不見便可！』『好懷念喲～～』其他撲克牌也和樂融融地蹦蹦跳跳。

「我聽說了喲，狂三大人，妳好像要以德州撲克一決勝負！如果有我凱若特能幫上忙的地方，請儘管吩咐！」

「好的、好的，我有兩件事想拜託妳。妳願意聽我說嗎？」

「當然！」

秒答。展現出無論何種命令都會欣然遵從的氣魄。話說，這兩人的服裝色調莫名搭調，真是令人火大——響如此心想。

「第一件事是，我想請妳把臉借給響。」

狂三說明來龍去脈後，凱若特苦惱地點點頭。

「唔，唔～～可是既然如此，不是由我本人參加比較好嗎？我也玩過不少次德州撲克——」

「我也有想過讓妳出場，不過，妳還有另一個重要的任務。」

「唔？」

「其實是——」

狂三竊竊私語地對凱若特咬耳朵。

◇

「竟然去打工賺錢，那個精靈沒有自尊嗎！」

「不過，看她那麼受歡迎，有點難干預呢～～」

宮藤央珂怒咬手帕；阿莉安德妮嘻嘻嗤笑；真夜由衷佩服原來還有這一招；而佐賀繰由梨則是一籌莫展。

當然，要對僱用她們的賭場施壓很簡單。

不過，與下令禁止時崎狂三賭博時的情況不同。當時賭場方面也受損，所以欣然接受由梨的命令。

但這次不一樣。「賭場獲利，收益增加」。

而且消息肯定也已經傳到其他賭場了吧。即使對「OCTOPUS POT」施壓，其他賭場也會僱用

兩人。

「哎，我覺得不需要擔心啦～～」

阿莉安德妮一邊享受午睡一邊對由梨說道：

「靠打工實在賺不到五千萬ＹＰ～～頂多勉強賺個一千五百萬吧～～」

「怎麼說？」

「熱度會冷卻～～這裡的居民不像第九領域那樣瘋迷偶像。」

「……說的也是。」

佐賀繰由梨鬆了口氣。如此一來，情況不變。

「六千五百萬ＶＳ一億九千五百萬。在資金方面，我方是壓倒性勝利。如此一來——」

「我們穩操勝券。」

宮藤央珂搶過由梨的臺詞說道，眼神如長矛般銳利。

阿莉安德妮見狀，也微微增加自己眼神的犀利度。

「阿莉安德妮，『妳是核心人物』。」

「ＯＫ、ＯＫ，我知道啦～～宮藤小姐、由梨小姐，請多指教嘍～～」

阿莉安德妮說完，室內的氣氛降到冰點。

被派來現場做雜務的量產型唯用力握緊了手。

她們是廉價的量產型，幾乎類似於機器人……即使如此，有時情緒仍會大幅波動。

那是本能承認敗北，建議火速撤離現場以保生命安全的時候。

也就是感到恐懼的時候。

○德州撲克

——七天後，開賭日。

德州撲克是撲克牌的一種玩法。眾所皆知，撲克是使用分配到的五張牌，組合成牌型來競爭的紙牌遊戲。

德州撲克與其相異之處是分配的紙牌只有兩張。

這就是各玩家的手牌（底牌），當然只靠這兩張牌無法組合出牌型。

接著荷官會發三張公牌。

這裡的重點是公牌是每個玩家通用的，同時牌面是翻開的。

假設自己手邊有這兩張牌——

♠黑桃9　♦方塊8

這樣當然組不成任何牌型。不過，假設分配到下列三張公牌——

♥紅心8　♥紅心Q　♣梅花4

此時，會組成一對8的牌型。

不過公牌最多可發到五張。選擇先過牌觀望，再追加兩張公牌。

♥紅心8　♥紅心Q　♣梅花4　♣梅花K　♣梅花9

幸運的是，紅心8與梅花9可以與底牌組成兩對。

玩家判斷有望獲勝，選擇加注。

不過——請注意後半的♣梅花4、♣梅花K、♣梅花9。

若是其他玩家發到的底牌是兩張梅花，該名玩家便會組成五張梅花的同花牌型，自己便賭輸這一局。

當然，勝者只有一人，贏得累積的籌碼。

不過這是德州撲克，並非普通的撲克遊戲。

所以假如至今都在觀望的玩家突然在公開的第五張公牌加注，任誰都會認為該名玩家手上的牌很大吧。

既然有三張梅花，假如剩下的兩張牌是梅花，非常有可能組成同花。

……如此一來，也可以選擇蓋牌放棄這一局。只要退出就能將損失壓到最低。

另一方面，無法巧妙活用難得出現的同花牌的玩家只能獲得最低限度的籌碼，錯過千載難逢的好機會。

像這樣打心理戰摧毀對手的好牌——

可說是德州撲克的醍醐味。

某位知名玩家如此讚賞德州撲克：

「熟記德州撲克的規則只需花一分鐘，但要花上一輩子才能玩得爐火純青。」

——好了，時崎狂三與緋衣響將組隊挑戰玩德州撲克。

「暗號要怎麼打？」

面對響的提問，狂三沉思了一會兒。

藉由身體動作或手勢來傳達意思的打暗號手段，在遊戲上當然屬於違規行為。

不過，這次實際上是三對二的團隊戰，佐賀繰由梨那方肯定也會打暗號耍詐吧。

「當然要決定暗號怎麼打。不過，避免每次交流吧。只在彼此決勝負的關鍵時刻來臨時，再打暗號交流。」

「是怕被發現嗎？」

「這也是其中一個原因。不過——我想盡可能相信自己的直覺。我有不祥的預感，因為對方知道妳的情報——『對決時』遲早會犯下致命性的錯誤。」

賭博沒有絕對，並不像將棋或西洋棋那樣，只要雙方玩家下出最完美的一步棋就一定能確定勝者。

只有拿到同花大順才敢說絕對能獲勝，因為德州撲克從來沒有同花大順互相較量的案例。而且因為沒有鬼牌，所以也沒有五枚。

「……我知道了，狂三。基本上，只要沒有拿到葫蘆（三條加一對的組合，第四大的牌型）以上的牌，我就不打暗號給妳。」

「好的、好的。基本上妳只要筆直地朝勝利邁進。」

「要是和妳強碰呢？」

「無所謂。若是在關鍵時刻猶豫不前，彼此都會錯失機運。」

「對方的能力查出來了嗎？」

「岩薔薇。」

岩薔薇冷不防從影子中冒出來，但她的表情看來並不樂觀。

「不行，完全查不到。不過——」

「不過什麼？」

「聽說佐賀繰由梨鮮少賭博，時贏時輸，賭技並不怎麼強。」

「……真是有意思呢。」

「我試著找找看有沒有記錄下來的影像，但都找不到。總之，據說很普通。」

「阿莉安德妮．佛克斯羅特、宮藤央珂和雪城真夜呢？」

「也查不到，連參加賭局的紀錄都沒有。」

狂三點頭低吟。

「反正情報立刻就能收集到了吧。德州撲克這個遊戲能讓人性表露無遺，慎重、大膽、狡猾……只要弄清楚這些，自然就能理解她們的能力。」

「是這樣嗎？」

響歪過頭，狂三便頷首回應：

「就是這樣。好了，響，我們去一決勝負吧。優雅、大膽以及——華麗地贏得勝利吧。」

「好的～～！」

狂三面向在背後一直凝視著她們的佐賀繰唯。

「小唯小姐，一起去吧？」

「好的。」

「那麼，請監視我們，『避免我們出老千耍詐』。」

「……好的，我會照做。相信這會關係到各位的勝利。」

「哎呀、哎呀，妳這樣偏袒我們沒關係嗎？」

唯搖頭否定。

「我的確負責監視各位。想必有些事妳們不能告訴我，但各位試圖誠實面對我的這份心意，我十分清楚。職責上我必須將所有事情一一向主人彙報，不過——」

唯遲疑了一下後說：

「我支持妳們，加油。」

……這些話令響內心感到混亂。特製型的佐賀繰唯果然感情豐富，甚至可說是豐富過頭了。讓人不禁懷疑——她真的是機關人偶嗎？以前為保險起見，響曾觸碰過唯的臉頰，結果冰冷得令人毛骨悚然，讓人意識到她的的確確就是個人偶，簡直就像死人一樣。

空無還比較有人味。她們雖然瀕臨死亡，卻不是一具屍體。

所以，響心亂如麻。

——她究竟是什麼樣的存在？

◇

指定的賭場並非「OCTOPUS POT」，而是一間名為「GROUND BURNER」的店。它是第七領域中規模最大的賭場——在這裡流動的YP，一小時超過一億。

狂三等人按照約定在遊戲開始的三小時前來到賭場。

「——恭候大駕。」

量產型唯同時低下頭。平常整天門庭若市的賭場，唯獨今晚不見任何一名準精靈的身影。

響早已利用〈王位篡奪〉「搶奪」了凱若特・亞・珠也的臉龐。大概是看不慣這張臉，偶爾會掐自己的臉頰。

「請盡情檢查。」

「好的、好的，那我就恭敬不如從命了。〈刻刻帝〉。」

「咦！」

狂三毫不猶豫地召喚〈刻刻帝〉，選擇子彈。

「——【十之彈(Yud)】。那麼，響……不對，凱若特小姐，請把臉貼在桌上。」

「唔。果然要用這招嗎？這個很恐怖耶……」

響一邊說一邊蹲下，將臉貼在桌緣。量產型唯還無暇詢問這究竟要幹什麼，狂三已射穿桌子和響。

瞬間，記憶宛如快速播放的幻燈片，湧進響的腦海。

不過大部分都是不需要的記憶，盡是些不知名的某人勝利、敗北的畫面。響以清醒後遺忘夢境的速度一一摒除這些記憶。

而這幾天來，這張桌子並未有被使用過的痕跡，也沒有支配者靠近的跡象，更沒有被動手腳的樣子，沒有，都沒有……

「沒問題，狂三。桌子完全沒有被動過手腳的樣子。」

「是嗎？那接下來檢查撲克牌吧。撲克牌由我自己來檢查。」

「那個，請問一下，剛才那樣究竟是——」

一名量產型唯戰戰兢兢地開口詢問。

「只是確認『記憶』而已。我的子彈能讀取殘留在物體上的記憶。」

「……！」

缺乏感情的她們眼中也蘊含著驚訝。響悄悄地觀察她們，但並未瞧見超出驚訝之外的——比如說畏懼這類的情緒。

正如當初推測的一樣，賭桌和撲克牌似乎並未被人動手腳。這也難怪。要是被發現，責任當

然歸屬在佐賀繰由梨那方，就會因此敗北。

若是交換立場，己方絕對不會在賭桌和撲克牌上動手腳。甚至要做就做個徹底，不讓別人有一絲懷疑的機會。

不過——

響向上瞥了一眼。天花板的監視器明顯比平常還多。

既然有觀眾，就必須準備攝影機。通常玩德州撲克時不會翻開底牌，而是會在蓋住底牌的狀態下稍微掀開紙牌查看，即使如此，也難保不會被偷看到。

確認完底牌後，只要再以通訊機器告訴由梨就好。如何防止被偷看底牌也將是這場賭局的重點之一吧。

……結果，三小時內所有地方都澈底檢查了，卻沒有發現任何動過手腳的痕跡。

「檢查過癮了嗎？」

聽到這句話，狂三等人回頭一看，便看見佐賀繰由梨、阿莉安德妮・佛克斯羅特、宮藤央珂和雪城真夜四名支配者。

支配鄰界這個世界的四名貨真價實的怪物。

就連響也被她們的威嚴所震懾。散發出的靈力與其他準精靈跟自己天差地別。

若說有誰能與之匹敵或是凌駕其上，頂多只有白女王了吧。

「是的、是的。過足了癮呢。」

而時崎狂三也是擁有支配者等級靈力的另一名怪物。

像自己這種「渺小」的存在竟然混在能撼動鄰界的五人之中，響覺得實在非常不可思議。

「好了，我想反正妳們也心知肚明吧——」

響點頭回應狂三的暗示，解除〈王位篡奪〉。只見宮藤央珂身體抽動了一下，瞪著響……不過，響無懼於她的視線，正面迎擊。

況且這狀況比她過去在第十領域化身為時崎狂三時要好太多了。當時她可是連一個稱得上同伴的人都沒有。

「……是、是，緋衣響是吧。我知道、我知道。是無所謂啦，如果是真正的凱若特出場，反倒還比較麻煩。沒問題。」

由梨聳了聳肩接受響的參加。唯獨宮藤央珂一臉不滿地一直瞪著響，旁邊的真夜輕輕碰了碰她的手臂。

似乎要她冷靜一點。

響都察覺到這件事了，狂三當然也就這一點盤問：

「哎呀、哎呀，是有何不滿嗎？那邊的那位……叫什麼名字來著？」

「宮藤央珂。明明是精靈，記憶力還這麼差啊？」

央珂反嗆回去；狂三露出欣賞的笑容。

當然，是「面對獵物」的凶猛笑容。

「不好意思，妳叫什麼名字對我來說是無關緊要的事。所以，妳有哪裡不滿嗎？」

「當然有。這場對決是——」

央珂前進一步打算發表自己的主張時，真夜拉了一下她的手臂。

「別說了，會把事情弄複雜。」

「……！不，沒什麼。」

「哎呀，是嗎？是這樣嗎？真的嗎？有什麼話想說，請儘管說——」

「時崎狂三，也希望妳不要做無謂的挑釁……我們是來以賭博一決勝負的。」

「也對。是要以賭博做個了斷，對吧。」

「……我不知道妳是怎麼想的，但至少我是如此打算。」

真夜快步站到賭桌的荷官位置，輕輕攤開書本。

「開封——第四書・〈絕對正義直下(Right Law Apostles)〉。」

雪城真夜的背後浮現一只閃耀著金黃色光芒的巨大天秤。

「無銘天使……！」

響做出備戰姿態，狂三伸手制止她。

「是讓它擔任裁判的角色嗎？」

「幸虧妳一看就懂。這是『我的能力之一』。從現在起，讓它禁止我徇私舞弊。」

「……哦～～」

「妳不相信我是妳家的事——反正我接下來會證明給妳們看。」

真夜如此說道，舉起一隻手宣誓：

「我在此宣言禁止我在這場賭局中舞弊。若有違背，我的臉頰將會被利刃劃破。」

黃金天秤響起上鎖般的聲音，同時有兩條鎖鏈綑住真夜的身體，隨後消失。

〈——接受宣誓。若有舞弊，將劃破臉頰。〉

天秤發出淡淡的類似系統聲的聲音。

「時崎狂三與緋衣響，請就座。別擔心，這次只是個遊戲。」

狂三與響依言就座。

「現在開始發牌……」

就在真夜發完兩張牌給響，正要再發兩張牌給狂三的瞬間——發生了「那件事」。

〈確認違法行為。依據宣誓執行刑罰。〉

現場並未起風，更別說有人揮劍，然而意識到時，真夜的臉頰已被深深劃破。

「……！」

「喂，妳沒事吧！」

響發揮天生老好人的個性，站起身表達關心。不過，真夜立刻用手帕按住臉頰，搖頭回答：

「沒事。好了，時崎狂三，這下子妳總該明白是怎麼一回事了吧？」

「……Second Deal，發第二張牌，這個出老千的手法很有名。」

狂三拿起真夜手中最上方一張撲克牌，將它翻過來。

黑桃A。無庸置疑是最強的一張牌，若是故意不將它發給某人，光是這樣就會對狂三這方不利了吧。

「總之，我能像這樣限制自己的行為。當然在正式開賭後，我打算讓它執行更重的刑罰。」

「只對自己？我們無所謂嗎？」

「『如果妳們同意』。」

狂三聳了聳肩，狂妄地笑道：

「是的、是的，『我當然會拒絕』。我會發誓不做舞弊的行為，但老實說，我實在『很討厭』讓第三者介入這個過程。」

「……我明白了。『我們這方當然也沒有要接受』。那麼，就請各位重新就座。遊戲即將開始。」

佐賀繰由梨、阿莉安德妮・佛克斯羅特和宮藤央珂就座。

「首先確認各位手上的金額。時崎狂三與緋衣響合計六千五百萬ＹＰ；佐賀繰由梨、阿莉安德妮・佛克斯羅特和宮藤央珂各持有六千五百萬ＹＰ。不過，這場對決終究是取決於佐賀繰由梨和時崎狂三哪一位賺取的金錢較多，因此當兩位中的一位ＹＰ歸零時便敗北。規則是德州撲克。一旦發現有舞弊行為，『便算敗北』。」

確認所有人都點頭後，雪城真夜再次攤開書本。

「開封——第四書。這場賭局開始後，我將禁止自己做出任何舞弊行為。若違背此一誓約，我將失去我的右腿。」

〈——接受宣誓。若有舞弊，雪城真夜將失去右腿。〉

「雪城小姐，我可以問一個問題嗎？」

「請問。」

「為什麼不是手臂，而是腿？」

「……失去手臂的話，不方便閱讀書籍。腿的話，應該無所謂。」

聽見真夜的回答，狂三傻眼地聳了聳肩。看見狂三的表情，真夜微微皺起眉頭，由梨清了一下喉嚨將她拉回現實。

「不好意思，我重新來過。德州撲克遊戲正式開始。」

隨著雪城真夜具有穿透力的聲音，賭局靜靜地宣告開始。

德州撲克遊戲大致的流程如下：

1.支付參加費用。

2.下小盲注、大盲注的玩家支付賭金。

（位於荷官左邊的兩人必須支付一定的賭金。若是下大盲注支付的籌碼為十，下小盲注則必須支付的籌碼為五）

3.從下小盲注的玩家開始發底牌。

4.玩家依照規定的順序選擇行動。

5.荷官翻開三張公牌。

6.各玩家再次選擇行動。

7.剩下兩人以上的玩家且籌碼均衡時，荷官再追加一張公牌。

8.回到6。

9.當荷官翻開的公牌合計五張時，將決定勝者。

撲克用的紙牌為了辨別數字，四角皆有明記花色和數字。即使如此，響還是意識著監視器的存在，蓋著發到的兩張牌，輕輕掀起。

（♥紅心8與♦方塊9……算普通吧。）

狂三已經告訴她戰略。

「只要牌沒有太爛，響妳就繼續賭下去，不要棄局，直到我指示妳棄局為止。」

「咦，為什麼？」

「玩德州撲克最重要的祕訣是掌握玩家的性格，是攻擊性還是防禦性。不測出對手的個性就無法戰鬥。」

「妳要引出所有人的性格，然後我再開始進攻。不用在意資金，該花就花。另外——」

先賭再說——響支付籌碼。

德州撲克每局會有兩名玩家負責支付「大盲注(BB)」和「小盲注(SB)」的籌碼。其他玩家則根據牌的好壞來支付籌碼，決定是否跟牌或蓋牌。

每局結束後，會輪到其他玩家擔任ＢＢ和ＳＢ（而最初支付的籌碼也會慢慢增加）。不能老

是以蓋牌來逃避，總要一決勝負，否則籌碼會持續減少。

首先下小盲注的玩家是宮藤央珂，她支付了十萬ＹＰ。隔壁下大盲注的玩家是阿莉安德妮・佛克斯羅特，她支付了二十萬ＹＰ。而她隔壁的佐賀繰由梨聳了聳肩，宣布蓋牌（放棄）。

狂三也同樣宣布蓋牌。

雖說僅只十萬ＹＰ，既然付了參加費，當然會是損失。不過，狂三認為這是該承受的損失。因為在對人的賭局中，最重要的是「情報」。

狂三重視這一點，決定先澈底「觀察」佐賀繰由梨等人。

開局階段的七局遊戲，狂三方與由梨方有輸有贏，金額也沒什麼變動。平靜的開端，響出的三條是最大的牌。

籌碼——響是四千五百萬，狂三是三千兩百萬，由梨是五千八百萬，阿莉安德妮則是四千七百萬，以及——

「兩對。不好意思，彩金全歸我了。」

宮藤央珂七千八百萬，拔得頭籌。

狂三斜眼望著宮藤央珂，心中恍然大悟。

這下狂三大概明白這三名支配者的基本戰術了。只要佐賀繰由梨輸光全部的籌碼便會敗北，如此一來，她要嘛打頭陣，要嘛殿後——

（而由梨選擇了確保安全的手段。）

當然，這是常規手段。畢竟只要由梨輸光所有籌碼便會敗北，因此她最後出戰，由阿莉安德妮和央珂上前戰鬥。考慮到央珂勢如破竹的攻勢，阿莉安德妮應該是副攻手……支援央珂，讓她存活下來。

（這是常規手段沒錯。不過——）

狂三瞥了一眼宮藤央珂。

她的戰術很典型。手持好牌就跟牌，手持爛牌就蓋牌。

就像棒球一樣，攻守明確分開，完全沒有弱點。

既然如此——

該主動進攻了。

狂三確認自己的底牌，接著望著央珂頗有自信的表情，放手一搏。

「加注兩百萬。」

央珂宣布加注。根據之前的牌局，央珂會加注表示她手上有好牌——肯定至少是兩對以上的強牌。

之前沒有人與她對決……不過——

「……我加注四百萬。」

宣告加注的是時崎狂三。聽見巨額的加注，央珂極為不悅地抽動了一下眉毛。

「我跟。」

而響也靜靜地參加對決。由梨與阿莉安德妮早已宣布蓋牌。央珂微微咬牙，瞪著響。

「加注，四百萬。」

「……加注，六百萬。」

「我、我跟。」

現狀是央珂、狂三與響已丟了兩千五百萬到彩池中。央珂被迫做出決擇。

也就是加注或攤牌比大小。

央珂調整呼吸，查看自己的牌。她的底牌是♥紅心９、♥紅心Ｑ，而攤開的公牌則是——

♥紅心Ｊ，♥紅心８，♥紅心３，♠黑桃６，♣梅花Ｊ。

公牌有♥紅心Ｊ和♣梅花Ｊ一對，最少牌面上已確定有一對，問題在於接下來。

五張♥紅心同花是宮藤央珂的最大牌型。照理說，無疑是決勝的王牌。

然而——

賭桌上有兩張Ｊ。換句話說，時崎狂三最大的牌型也有可能是鐵支——四條。

如此一來，同花根本比不過。

會被打趴……！

（——妳們兩個手上有Ｊ嗎？）

央珂悄悄以視線和手勢打暗號。很遺憾，兩人都回以否定的暗號。不過——

（阿莉安德妮，妳認為狂三的手上有四條嗎？）

（不，「沒有」。）

面對央珂的質問，阿莉安德妮以堅信的態度回答。而央珂也毫不猶豫地相信她。

（萬一輸掉三千兩百萬ＹＰ，央珂手上也還剩四千多萬ＹＰ。一決勝負吧。）

面對由梨的提議，央珂也表示認同。

「加注，七百萬……！」

央珂加注。當然，狂三也不得不乾坤一擲。

雖然多少有些不過癮，但這下就結束了——

「喔喔，我蓋牌。」

狂三乾脆地如此宣告，扔掉手上的牌。

「咦？」

真夜和央珂全身僵住，阿莉安德妮則是瞪大雙眼。

「哎呀，糟糕。不小心把牌翻開了，真抱歉。」

真夜一臉不可置信地望向狂三。央珂、阿莉安德妮和由梨看見她的底牌後也啞然無言。

「♣梅花4和♦方塊5……？」

有一對，不過那是公牌組成的牌型，所以狂三的手牌實質上根本是垃圾牌……一對都沒有。

「唉唉～～只剩下七百萬ＹＰ。不過，勝負接下來才要開始呢……對吧，響？」

央珂聞言，視線這時才第一次望向響。

狂三有發現宮藤央珂很在意緋衣響，並因此「沒把響列入對決的對手」。

央珂的視線總是望向狂三，對於響的加注、跟注和蓋牌毫無反應……不，說得更正確一點，

「是因為太在意而故意忽視她」。

這就是身為支配者的自負嗎？響和狂三並不清楚。

不過，結果這成了她的弱點。

既然是弱點——等她露出破綻的瞬間就「將它揭露出來」！

「我全押了。」

響除了已投入的兩千五百萬ＹＰ，再追加兩千萬ＹＰ。

然後靜靜地瞪著央珂。

「……！……！」

「……」

（宮藤央珂，蓋牌。）

（我覺得最好棄局～～我根本沒在關注緋衣小姐～～）

央珂完全不打算聽取由梨和阿莉安德妮的意見。倘若對手是狂三，央珂勢必會乖乖退出。但對手不是時崎狂三，而是緋衣響。

毒素早已深入宮藤央珂的全身。

（恕我拒絕。不過是……區區一個原本是空無的準精靈……！）

緋衣響原本就不該出現在這場賭局。

自己要讓她輸得很難看……！

「跟！一千三百萬……！」

響早已全押，央珂投入與之相同金額的籌碼到彩池中。

因此之後將自動攤牌——公開兩人的底牌。

央珂的底牌是♥紅心9和♥紅心Q，與公牌的♥紅心J，♥紅心8、♥紅心3形成同花。

「攤牌。宮藤央珂，♥紅心9與♥紅心Q……同花。」

宮藤央珂的手牌公開後，緊接著公開響的手牌。

「緋衣響……♠黑桃J、♣梅花3。葫蘆。緋衣響勝。」

「……！」

央珂不禁將YP幣握得稀巴爛。響將獲得四千五百萬YP加上狂三的兩千五百萬YP，以及阿莉安德妮和由梨棄局的賭金共七千兩百萬YP。

從第三者的角度來看，狂三只剩下七百萬YP，陷入絕境。但對宮藤央珂來說，超越勝利的恥辱令她的身心備受煎熬。不過追根究柢，那份恥辱無非是害怕「受騙上當」罷了。

而由梨和阿莉安德妮也受到她影響，看起來有些浮躁。原本她想拖延時間等兩人鎮定浮動的心情。

然而狂三卻立刻要求發牌，催促下一局對決。

狂三自信滿滿的舉止與響堅決的眼神，將央珂玩弄於股掌之間。

「我……蓋牌。」

儘管兩對的牌型足以一決勝負，央珂卻被響與狂三的笑容所震懾，輕易便棄局。大概是運勢不好，由梨和阿莉安德妮也選擇蓋牌。

「時崎狂三，一對。緋衣響，散牌。時崎狂三勝利。」

心亂如麻的由梨方為了冷靜心情而選擇蓋牌，然後狂三趁她與響兩人對決時，以全押來應付

響下注的五千萬ＹＰ。當然是賭贏了。

因此現狀緋衣響是六千七百萬ＹＰ，而時崎狂三是五千七百萬ＹＰ。幾乎獲得比賭局開始時多近一倍的籌碼。

「……！」

央珂因恥辱而咬牙切齒。

自己應該要振作起來。應該重振精神，一決勝負。如此一來，肯定能獲勝。只差臨門一腳就能勝利了。

卻「著了對方的道」，這份屈辱令自己亂了方寸。

甚至不聽阿莉安德妮的「建言」，主動放棄對決。

「──要不要休息一下？妳們的央珂小姐看起來似乎相當疲憊呢。」

這時，狂三提出這項提議。

「也好……就這樣做吧。真夜小姐，我們要休息，可以嗎？」

真夜聽了由梨的話，點頭答應。

「那麼，休息十分鐘。不過，請勿離開這間賭場。」

響聞言鬆了一口氣。猛然回過神時，她甚至想不起自己是何時呼吸的了。

狂三拍了一下響的肩膀。

「——好了，順利通過第一道關卡了呢。」

「就是說啊。」

狂三與響交談，把戰術切分成了幾個階段。第一是「觀察」，第二是「迎擊」，第三則是「構築」。

首先觀察敵方玩家，然後看準容易對付的對手反擊，趁對方思緒混亂時構築陣地。

兩人最想避免的就是浪費精力，與對方硬碰硬。只在拿到好牌時對決，拿到爛牌時就棄局。畢竟資金有差。何況對方有三人，不會有大逆轉或大慘敗的情況，短時間內就能定輸贏吧。

不過，兩人已經獲得成果。資金增加一倍，就代表實質上「奪取了一人份的籌碼」。奪取了五千九百萬ＹＰ，就等於縮短了一億一千八百萬的差距。

「可是，讓對方休息喘口氣好嗎？」

「無所謂。正如我所料，那個宮藤央珂是先鋒。雖說擊潰了她，但若是一口氣進攻，這次會換我們反過來被她殲滅。」

而且有一件事令狂三很在意。

乾坤一擲的決勝負。宮藤央珂的勝算很大，畢竟是同花，在德州撲克組成同花的機率約百分之三。

不過，從那五張公牌來看，比同花更大的牌型在我方這裡的機率也並非為零。

正因如此，央珂才會直到下注前都緊張不已。然而——

她「消除了緊張」。當時她與其餘兩人使眼色後肯定進行了什麼交流。

那倒是無所謂。問題在於，「她是基於什麼原因放下心」。

「佐賀繰由梨，以及阿莉安德妮．佛克斯羅特，這兩人之一才是『真正的主攻手』吧……下一場賭局，其中一人肯定會出馬。」

「該怎麼辦？」

「接下來就是即興劇了。盡情發揮吧。」

狂三莞爾一笑。

——此時的三名支配者。

「……真是的，原本是解決時崎狂三的絕佳機會呢。」

「抱歉……我一時衝動。」

「『要是阿莉安德妮也對央珂使用能力就好了』。」

「是由梨妳說要靜觀其變的吧？不過，下一局開始我會好好參加的～～」

「央珂妳嘛……哎，還是老實一點比較好。」

「我有在反省了，真的……都是緋衣響害我有點失去冷靜。」

宮藤央珂坦率地道歉。身為第六領域的支配者也是領袖的她，會在該道歉時好好道歉。阿莉安德妮十分喜歡她這一點。

「……我想接下來她會克盡輔佐的職責喲～『因為我們已經冷靜下來了』。」

「妳的意思是，接下來會由狂三進攻嗎？」

「沒錯～～」

由梨認知到接下來才是關鍵時刻。甩開輸了也無所謂的軟弱想法，決定積極一決勝負。

——這是為了弄清楚。

——為了決定鄰界的明天、鄰界的未來。

另一方面，宮藤央珂深深地，比海底還要深地在反省。緋衣響的來歷，她知道得一清二楚。

因此才無法忍受她待在現場，故意忽視她。

明明是以賭博定輸贏。

卻把她當空氣，結果讓她們有機可乘。

央珂決定——將這份屈辱銘記在心，接下來的賭局一定要贏。

「……阿莉安德妮，行得通嗎？」

面對由梨的詢問，阿莉安德妮點頭回應：

「嗯～～……行得通。不過，我終究會把精神集中在『那邊』。賭局的後半場必須靠由梨妳自己努力才行了。」

「嗯……我會贏的。」

看見由梨充滿決心的表情，阿莉安德妮嘻嘻笑了笑，說道：

「難得看妳如此幹勁十足呢～～……我還以為妳只對妹妹的事有興趣耶～～」

「阿莉安德妮，妳真壞心。我好歹也是支配者，有責任保護鄰界。」

阿莉安德妮有一瞬間想確認這句話的真偽，但最後還是決定作罷。

現在的她沒有閒情逸致去揭穿別人隱藏的祕密。

戰鬥即將展開。

而主動擔任裁判的雪城真夜則是仔細觀察兩組人馬。

觀察完畢的瞬間，時崎狂三大膽行動，緋衣響跟隨在後。而原先一時衝動的宮藤央珂也已經恢復冷靜。

不過，接下來恐怕是輪到阿莉安德妮出馬了……真夜不知道她會動什麼手腳，但清楚她會用什麼方式動手腳。

然而，絕對找不到確切的證據能證明她做出舞弊行為。

所以真夜才主動擔任裁判。

「……休息時間結束。那麼，繼續賭局吧。」

聽見真夜說的話，狂三等人再次入座。狂三深呼吸，環顧四周。

來吧，開始第二輪戰鬥——！

◇

德州撲克賭局進行到白熱化的地步。

就連響也看得出對方換人採取攻勢，進攻的是由梨和阿莉安德妮。

央珂基本上都蓋牌，只在拿到好牌時才攤牌比大小，而且是堅決拿到三條以上的牌型時才會選擇對決。

當然，狂三兩人也感受到她的戰略。

狂三穩健地執行蓋牌，而響則是偶爾會攤牌，時輸時贏。

狂三預感關鍵時刻即將到來。

那是一決勝負的預感，同時也確定對方會設下陷阱。

「……加注，我加一百萬～～」

阿莉安德妮第一次選擇加注。

狂三的底牌是♣梅花9和♠黑桃4，不是什麼好牌，沒有與賭桌上的三張公牌組成牌型。

不過，狂三選擇虛張聲勢。

「我加注，兩百萬。」

「我加注～～一百萬。」「……我加注，一百萬。」

三人選擇蓋牌，形成狂三與阿莉安德妮一對一的比拚。彩金慢慢增加。

……氣氛越來越緊張刺激，視線不知不覺追逐著阿莉安德妮的一舉手一投足。

有沒有什麼破綻或毛病？狂三拚命抑制自己氣急敗壞的心情，看著阿莉安德妮。

而最後演變成一千萬的大對決。

「……攤牌。時崎狂三，散牌。♣梅花9是最大的牌。」

狂三已做好心理準備，因此敗北而無可奈何吧。

問題反正在阿莉安德妮身上，她是以什麼樣的牌型一決勝負。

「阿莉安德妮，♣梅花2與♥紅心2。『一對』。所以，這局由阿莉安德妮獲勝。」

狂三也驚愕不已。一對2，是除了散牌外最小的牌型，同時也是合計七張牌就能組成牌型的德州撲克中組成機率最高的牌型。

至少不是在一千萬的高額賭局中該祭出的牌型。

「啊啊，真是幸好～～」

阿莉安德妮一邊這麼說一邊瞇起眼對狂三笑了笑。

「妳也挺有一套的嘛～～」

「……只是一時興起罷了。」

狂三清了一下喉嚨，轉換心情面對下一場賭局。

而下一場賭局也形成阿莉安德妮與狂三一對一的局面。阿莉安德妮毫不猶豫地選擇加注，接受加注的狂三也不斷增加賭金。

阿莉安德妮第三次加注，合計八百萬。而狂三將手伸向籌碼，打算增加賭金——

「……啊！」

響弄倒了手上的玻璃杯，杯子滾落地面，發出響亮的聲音，同時破碎四散。瞬間，狂三停下了動作。

「不好意思。妳們繼續，我來收拾。」

「……不用了，讓唯她們去清理，放著就好。」

一名原本在遠處圍觀的量產型唯立刻拿來掃把和畚箕，清理玻璃碎片。

「繼續賭吧。時崎狂三，妳要怎麼做？」

「……我蓋牌。」

「……那麼，不用攤牌。阿莉安德妮獲勝。」

狂三乖乖支付五百萬ＹＰ，然後望向響。響一語不發地點點頭，用手指輕輕敲了敲自己的胸口。這個暗號意指──「異常事態」。

狂三試圖調整呼吸，但雪城真夜彷彿不讓她有喘息的時間，立刻開始下一場賭局。

狂三這一場的底牌是♥紅心Ｊ和♣梅花Ｑ，順利的話，應該能湊成一手好牌，但她不等公牌發放，直接蓋牌。

反倒是響的底牌並不怎麼好，卻選擇跟注，爭取時間。

狂三在這段時間動腦思考。

「有人在自己身上動了手腳」。仔細回想，剛才的自己明顯失控了。和宮藤央珂失敗那時一樣，腦袋只想著加注，往上增加金額。

……沒錯。當時的自己確實──

有些心浮氣躁──「內心充滿熱氣」。

她知道自己的確動不動就動武，不過，那跟對決時情緒衝動是兩碼子事。

狂三深呼吸，仔細檢查全身。內心燃燒的火焰──並非對勝負的熱情。那麼，這是什麼？戀慕之情……不，不對。

「……！」

狂三制止自己差點望向阿莉安德妮・佛克斯羅特的視線。

她在賭桌前坐在自己的隔壁，只是一時心血來潮嗎？抑或是，她的無銘天使射程距離只能如此靠近？

總之，狂三已充分理解了。

「自己現在正受外敵操控」。

不過，可以確定的是並非像洗腦這種強力的手段。實際上，響發現狂三不對勁後，只是摔破玻璃杯就讓狂三冷靜下來。

但也就代表是如此令人難以察覺。

那麼，該如何是好呢——

「攤牌。緋衣響，一對3。阿莉安德妮，三條9。」

「……！」

糟糕。等狂三意識到時，賭局已經結束。

阿莉安德妮贏走響的一千五百多萬ＹＰ。

「啊……」

目瞪口呆的響不斷重看自己的底牌。

「對不起～～～……」

響垂頭喪氣，意志消沉。

「現在哀嘆還太早。」

狂三拍了一下響的肩膀安慰她。沒錯，為時尚早。雖然現狀只有模稜兩可的假設，但只能相信自己的推斷，一步一步證實。

為此需要時間冷靜思考。

結果，狂三不到一秒便決定執行她的計策。

「……好痛！」

手持撲克牌的狂三連忙按住手。

「時崎狂三？」

雪城真夜疑惑地出聲呼喚。

「啊啊，不好意思，我好像被撲克牌割到手指了。」

「沾到血了嗎？」

「是的、是的。非常抱歉，可以廢棄這張撲克牌嗎？」

真夜發給狂三的撲克牌上確實沾有血跡。

「……我知道了，我會廢棄撲克牌。」

「狂三，需要ＯＫ繃嗎？」

響不知從哪拿出ＯＫ繃，不過狂三搖頭謝絕。

「些微的疼痛都可能令我產生雜念，所以，不好意思。〈刻刻帝〉。」

狂三突然拿出古典短槍，令周圍騷動不已，更別說那把槍是指著狂三自己的頭了。

「【四之彈】。」

使時光倒流，治癒傷口的第四子彈。響皺眉心想：可是——釋放〈刻刻帝〉的能力需要一定的代價，也就是時間。

她藉由定期補充時間來發動完全顛覆這鄰界法則的技能。

……所以，割傷手指這種程度的小傷本來不該使用【四之彈】的——

（啊，是為了爭取時間嗎？）

仔細一看，連雪城真夜都因為第一次見識她的能力而啞然地停下手的動作，而狂三便乘機完成自己的分析。

狂三露出惡魔般的笑容說道：

「那麼，接著開始吧。」

聽到這句話，真夜連忙分發替換過的新紙牌。

狂三輕輕掀起蓋住的紙牌，一邊思考。

當然，她的思考幾乎是建立在假設上。不過，既然證實的線索很少，只能相信假設，度過難關了。

不是這樣吧。

因為百分之百會勝利，所以戰鬥；因為百分之九十九會輸，所以不戰鬥。

畢竟這也是戰鬥。

對少女、戰士、我們而言——

「有非戰不可的一瞬間」。

首先是阿莉安德妮的能力，肯定是操控心理這類的能力。不過，不是洗腦，也不是令人產生幻覺。

自己肯定出了那張牌，也沒看錯公牌。

自己弄錯的是以一對牌型決勝負的部分。

當時，自己感受到的是什麼？

……是激昂的情緒。不能輸給她，不想輸的熱情超越了理性。

賭博最愚蠢的行為——就是「情緒激動，失去理性」。這或許遠比明顯的舞弊或幻覺來得更有意義。因為只要沒有察覺自己被人動了手腳，就會「陷入敗北的漩渦中」。

因為明白自己會輸，所以情緒激動。情緒一激動，就又陷入失敗。

換句話說，阿莉安德妮的能力是讓極近距離的目標「情緒衝動，失去理智」。這並不是什麼難事。在現實世界中，大腦會分泌興奮物質，也有能刻意引出興奮物質的東西。

總之，假設她的能力是這類型，那麼這種能力還有一項不容錯過的重點。

阿莉安德妮勢必也能看穿狂三她們的情緒是激動或冷靜——也就是是否處於興奮狀態。

在這種狀況下，阿莉安德妮占了非常大的優勢。比如說，目前自己的底牌是♥紅心3和♣梅花3，形成一對的牌型。根據公牌的牌面有可能組成三條，所以狂三的心情肯定很興奮。

不過，若是公牌無法組成三條牌型，就只是幾近最弱的一對，情緒也會變得低落。

如果能看穿內心的變化，就能明顯得知狂三的牌是強是弱，甚至是變強或變弱了。

光靠這些情報就能提高勝率，若是再加上能操控心理的能力——

……令拿到弱牌而消沉的心變得激昂，硬是發展成攤牌決勝負的局面；令拿到強牌而燃燒的心冷卻萎靡。

當然，這種做法未必能百分之百獲勝，所以才可怕，不容大意。

阿莉安德妮自己肯定也清楚這種能力未必能百分之百解讀出對方的手牌吧。

比如說，之前不怎麼好的手牌，到了公開第五張公牌時突然開始展露鋒芒時——若是之前已經累積了不少籌碼，蓋牌棄局也犧牲不小。

反觀也有一開始就熱血沸騰，即使手牌很弱也毫不猶豫勇往直前的狀況吧。

總之，阿莉安德妮的能力雖然能將勝率提高至八成左右，卻不到完美的地步。

正因如此，阿莉安德妮才小心翼翼地戰鬥，而這樣才最令人恐懼。

狂三的手牌因公牌組成三條的牌型。

當她感到欣喜的瞬間——內心突然打了個寒顫，有東西入侵了她的心。

（這次是——冷卻嗎？）

果不其然，心裡一陣悲涼……敗北的預感充滿全身。手牌因為公牌而湊成三條，雖稱不上一定能獲勝，但至少有很高的機率能賭贏。

然而，狂三的手卻在顫抖，宛如自己手上的牌是湊不出牌型的垃圾牌一樣不安。

即使如此，狂三依然毫不氣餒，打算加注一決勝負，不過——

「蓋牌～～」

由梨那方的三個人馬上就蓋牌棄局。響也等待暗號，蓋牌。

三條沒有公開，也幾乎沒有給由梨她們帶來損失，就這樣化為烏有。

（……原來如此，我的高漲情緒……）

若是變得懦弱打算蓋牌棄局，情緒不會太熱烈。不過，若是不屈服冷卻的熱情燃起鬥志，就會被看穿自己的手牌贏面很大。

不得不說，這能力簡直是層層防護、堅如磐石，加上不盡完美，因此拚命彌補漏洞。

該怎麼對抗？

……首先，可以靠理智決勝負。也就是拿到好牌就對決，拿到爛牌就棄局。

不過，這當然必須拋棄一切虛張聲勢的態度。如果是打麻將，可以靠不斷打出最適合的牌來獲勝，但在德州撲克卻行不通。

更別說在資金和玩家人數都居下風的己方，自然會被壓著打。

用理智、理性、邏輯這類的方法贏不了這場賭局。

對方好歹是支配者，置身於這個鄰界中最強的一人。

不論是戰鬥還是賭博——都必須用超越邏輯和凌駕於力量的某種方法來取勝……！

◇

——阿莉安德妮・佛克斯羅特正如時崎狂三所推斷的，能塗改他人的溫度。當然，不只心理層面，也能操控肉體的溫度，但那在撲克牌遊戲中毫無意義，因此就此省略。

在這場遊戲重要的是操控心理層面熱度的能力。

那不只是單純令人顯露出積極、消極的態度，也能讓人在不知不覺中興奮、冷卻。

舉個淺顯易懂的例子來說，她的「能力」是誘發不祥的預感；使人暴發能成功的感覺。是強行讓人感覺到一股淩駕於合理性的氣氛這類的力量。

雖然不適合西洋棋或將棋這種只需要邏輯性的遊戲，但在賭博這方面，很多人都較重視運勢或直覺。面對這種人，這項能力便會造成無比的殺傷力。

而且阿莉安德妮還有另一項不容錯過的能力。

「……加注。」

阿莉安德妮的加注點燃了狂三的鬥志。阿莉安德妮察覺到狂三激昂的情緒，開始推測狂三的手牌。五張公牌分別是三張♣梅花、一張♥紅心、一張♦方塊。

每張數字都不大，但既然有三張梅花，組成同花的可能性就很高。

……不過，其實阿莉安德妮的底牌是散牌……沒有湊成一對。而狂三的手牌可能是兩對或三條。

但狂三現在卻害怕湊成同花。若是平常，她肯定會毫不猶豫地向前衝，把賭金再往上加，但卻被一股「冰凍的感覺」壓制住。

或許腦袋已經明白這種感覺是被人操控的，但如此一來，她就無法發揮她的直覺。

再加上阿莉安德妮的撲克臉已經達到爐火純青的地步。總是惺忪的睡眼、柔和的笑容，與僵硬沾不上邊的氣息。

根本不可能從她的表情推測出她的手牌。

就佐賀繰由梨所知，阿莉安德妮·佛克斯羅特是最強的賭徒。

「……蓋牌。」

狂三的鬥志冷卻，嘆了一口氣後棄局。

狂三或許看穿了阿莉安德妮的能力。因為己方經歷過許多難以想像的慘烈戰場，這點程度的小事當然瞞不過她的雙眼。

但是，也就到此為止了。

因為她想不出任何對策。若是使用能力出老千，就是當場抓包來解決，可是她操弄的不是紙牌，而是感情。

佐賀繰由梨堅信不移。

「自己這方穩操勝券」。

「……真是傷腦筋呢。」

狂三嘆了一口氣，伸了伸懶腰。

狂三現在的ＹＰ遠低於五千萬，是三千五百萬ＹＰ；佐賀繰由梨與宮藤央珂堅持在五千萬ＹＰ上下；而阿莉安德妮則是狂三的一倍，七千萬ＹＰ。

反倒是響低於兩千萬ＹＰ，已經無路可退。

「這下子只能來個乾坤一擲的大對決了。」

「這樣啊，加油喔～～」

阿莉安德妮如此說道，同時發動無銘天使〈太陰太陽二十四節氣〉。用來測溫度的水銀化為極細的絲線，那就是她的無銘天使。

（時崎狂三的情緒是立冬……嘴上說要對決，感受到的卻是冰冷的溫度。）

這代表……她其實不會對決吧。

只是虛張聲勢罷了。搞不好她連阿莉安德妮的能力是什麼都毫無頭緒呢。

不過，底牌和公牌組合會改變牌型的大小，這就是德州撲克。

最好小心謹慎——

阿莉安德妮偷偷看了自己的底牌。♣梅花J和♠黑桃J，已經湊成一對。就看公牌的組合，牌型要跳多少級都沒問題——

「……時崎狂三？」

發現狂三有異的是真夜。時崎狂三從剛才就一動也不動。

沒錯，完全不去掀開發給她的底牌。

「牌已經發了，不快點確認的話——」

「『我蓋著就好』。」

所有人都震驚不已。

「狂、狂三！」

響站起來，但狂三依然紋風不動。

「響，妳坐下。」

「……妳放棄對決了嗎？」

面對由梨的詢問，狂三搖頭否定：

「我就不確認底牌，完全沒關係。來，開始堆籌碼吧。」

她如此告知，立刻堆起籌碼。

「響，妳也是，盡量堆。」

暗號是——全押的指令。響害怕得差點暈倒。

響的牌爛到不值一提的地步，全押會直接敗北。響打暗號向狂三確認：真的要全押嗎？但狂三還是回答：全押沒關係。

「……全押。」

現場一陣騷動。這下子賭金瞬間提高，從響持有的一千九百萬起跳。賭桌上公開三張公牌。

「加注，六百萬。」

狂三看見公牌後加注，堆起兩千五百萬籌碼。如果由梨那方全部蓋牌，就只剩狂三一人——

在這種情況下，「狂三可以不公布底牌」。

阿莉安德妮向由梨和央珂打暗號。

「蓋牌。」

佐賀繰由梨蓋牌，而宮藤央珂則是——

「全押。」

竟然像是要與響較量似的也全押。這是阿莉安德妮的指示。響拿到的牌很爛，就現狀而言根本不及央珂的一對。

若狂三是故弄玄虛，這時只能棄局。看都不看的底牌恰巧是好牌，豈有此理。

阿莉安德妮抑制住微微流露出的焦躁，觀察狂三的情緒。

狂三的情緒依舊是毫無熱度的「立冬」。

處之泰然。

狂三保持冰冷的情緒宣告：

「全押。」

由梨、央珂、真夜全都瞪大了雙眼，拚命克制住想吶喊「太亂來了！」的衝動。

如果她的底牌是好牌，倒還能夠理解。

如果有一點機率能組成好牌，倒還可以理解。

可是她連底牌都沒看。

（虛張聲勢。）

（應該是虛張聲勢。）

（明明應該是虛張聲勢才對——）

阿莉安德妮移動視線尋找她——背脊一陣僵硬。

狂三在看著自己，確實在窺視自己，宛如用放大鏡在觀察，用顯微鏡在分析一樣！

「我……」

阿莉安德妮的喉嚨因恐懼而微微顫抖。

跟注、跟注，說要跟注。她肯定、絕對是——虛張聲勢！

不，可是——

「——我蓋牌～～」

是誰鬆了一口氣？是自己？還是狂三？

無論如何，既然央珂全押，就能知道狂三的底牌。央珂的底牌是一對9。響、狂三、央珂都以全押決勝負，因此再追加兩張牌面朝下的公牌。翻開後，出現的是J和K。

「……！」

如果沒有蓋牌，就能湊成三條。

不過，這樣央珂的牌型就變成K和9兩對，可說是變成勝券在握的牌型也不為過。響湊成了一對，根本不是對手。

而時崎狂三——

「……請把牌交給我。」

「好的，拿去吧。」

她果然還是將牌面朝下，還給真夜。真夜的指尖在顫抖。蓋住的底牌第一張是♥紅心10，與公牌組成一對。

然後第二張。

「————！」

紙牌翻開的同時，眾人一陣驚愕。是♣梅花K。也就是說，狂三的牌型是兩對。

而且是以大1點的毫釐之差勝過宮藤央珂的兩對。

「……是我贏了呢。那麼，宮藤小姐和響淘汰。」

「……了解。」

央珂一臉不甘地緊咬嘴脣。

而響雖然忐忑不安，還是將自己的籌碼推給狂三。

「之後就交給妳了。」

「好的，交給我吧。」

狂三若無其事地收下籌碼——這才終於顯露出情感。如「立夏」般溫暖，正可稱為安心的情緒。

只是直覺嗎？

只靠直覺就全押來一決勝負？

……不對，不可能，肯定有什麼十足的把握確定她自己的牌起碼有一對以上。而另一方面，「阿莉安德妮則不知道自己的牌會湊成三條」。

要不然就太奇怪了，不合理。

若是阿莉安德妮以三條的牌型全押，狂三早已輸了這場賭局。而阿莉安德妮蓋不蓋牌，只有她自己知——

倒抽一口氣。

「並非如此」。狂三心知肚明。不看底牌，牌面是大是小根本無關緊要，她相信阿莉安德妮會被她的氣勢所震懾，選擇蓋牌。

當時觀察的目的就是如此，手牌是好是壞都無所謂。當央珂選擇全押時，阿莉安德妮除了蓋

牌，沒有其他選擇。

因為蓋牌是最保險的選項。

情緒溫度絲毫不變的毛骨悚然感；被觀察的恐懼；能從安全地帶旁觀對決的誘惑。

這些因素迫使自己選擇蓋牌……！

「……差不多該休息第二次了吧？」

面對由梨的提議，狂三搶在阿莉安德妮反應之前「叩叩」地敲了敲賭桌。

「我運勢正好呢。既然如此，比起休息，我要求繼續賭。我們原本就是二對三，居下風，提出這點小意見不為過吧？」

「可是——」

由梨想說些什麼，阿莉安德妮制止她，回答：

「我知道了，可以啊～嗯，既然妳都這麼說了——繼續對決吧～～」

「好的、好的。那麼，繼續廝殺吧，阿莉安德妮．佛克斯羅特。」

狂三如此呼喚她的名字，用時鐘之眼凝視著她。

阿莉安德妮瞪大原本惺忪的睡眼，撩了撩頭髮。

「ＯＫ～既然妳想廝殺，就讓我們拚個妳死我活吧～～」

發笑，嗤笑。

剛剛才要站起身的響無所適從地轉動脖子，不久後再次坐下，並往狂三那邊挪近一點。

「我在旁邊看著妳！」

「好的、好的，隨妳高興。」

狂三聽了響說的話，苦笑著如此說道。瞬間，狂三在賭局中的警惕心稍微鬆懈了。阿莉安德妮心想「就是這個」。

雖然不清楚狂三使了什麼樣的手段——但總不會影響到她背後的少女吧。

阿莉安德妮感覺到這將會是決戰。時崎狂三的情緒從「立夏」轉為「小暑」。也就是說，面臨對決之際，她的心情宛如夏日激昂不已。

阿莉安德妮與狂三手持的ＹＰ幾乎不相上下。事態進展到這個地步，ＹＰ的多寡幾乎沒什麼意義。除非拿到非常爛的牌，否則不會選擇蓋牌。

而且，身為一流賭徒的阿莉安德妮有種預感。

現在的兩人絕對不會拿到毀掉這場對決的爛牌。如果那麼不走運，怎麼可能在這個鄰界存活下來。

因此，這場對決不是好運用盡的大勝利——就是一敗塗地。

「……越來越有意思了。」

阿莉安德妮露出凶猛的笑容。而狂三則是發出「嘻嘻嘻嘻」宛如死神的笑聲呼應。

「好了，那麼——開始我們的戰爭吧。」

狂三高聲宣言；阿莉安德妮點頭回應：

「OK～～BABY～～來吧，真夜，發牌吧～～！」

真夜發牌給阿莉安德妮、狂三，以及由梨。

「……」

響在後方戰戰兢兢地注視著狂三。狂三將手伸向蓋住的紙牌，慈愛地包覆住它。

「……妳又打算不看底牌嗎～～？」

「不、不，這只是一個小魔法罷了。這次我會確認底牌。」

很好——阿莉安德妮在內心喝采。響在後面不可能不看牌，既然如此，就算不知道狂三的情緒波動，也能讀取響的。

狂三慢慢掀起紙牌。她似乎對響毫無防備。還是說，她不打算讓響看見底牌？

狂三在緊張的氣氛下慢慢掀起紙牌。

響恐怕是無意識地稍微抬起了腰。

這個舉動無非就是試圖窺看原本看不見的牌。狂三已經把牌蓋住。保證起見，阿莉安德妮也讀取了狂三的情緒，果然再次恢復成「立冬」。

那麼，響的情緒如何？

響的情緒是「寒露」，也就是失望的心情。換句話說，響看見牌面後大失所望。

不過，並非完全灰心喪志。說到底，底牌不過是構不成什麼牌型的兩張紙牌罷了。

關鍵在於公牌。儘管手牌再爛，還是可以憑藉公牌鹹魚翻身。

自己的手牌是♦方塊J和♠黑桃7。根據公牌，要湊成什麼牌型都可以。由梨聽從阿莉安德妮的指示蓋牌，不透露任何情報。

「過牌。」

「過牌。」

阿莉安德妮和狂三都先過牌。響的情緒因不安與興奮而劇烈起伏。

「那麼，發公牌。」

然後在賭桌上公布三張公牌。

♣梅花7，♥紅心8，♥紅心9。

目前只確定湊成一對，但這手牌肯定還能湊成更大的牌型。

她面帶柔和的笑容，突然開始坦白：

「……我想妳早就看穿了～～說要以德州撲克一決勝負的，是我。所以，如果我輸了，由梨就會宣布敗北～～」

「哎呀、哎呀，果然是這樣啊。」

狂三瞥了由梨一眼。阿莉安德妮將精神集中在響身上，無法讀取出狂三真正的情緒。總之，她一臉愉悅地微笑。

阿莉安德妮之所以開誠布公，也是為了不讓狂三蓋牌棄局。

「總之，加注吧～～」

「我跟。」

響表情僵硬。她的感情變化顯而易見。阿莉安德妮停止加注，慎重地看清響的情緒。她的情緒是「啟蟄」……雖然在悶燒冒煙，但希望的火種沒有燃盡。既然如此，就先靜觀其變吧。狂三的情緒依然平靜無波。只要能看穿響的情緒就好。

翻開第四張公牌。

♥紅心7。

瞬間，響的情緒產生波動。「立夏」——宛如夏天一樣熾熱、開朗的感情支配著響。阿莉安德妮因此看穿狂三的手牌，是三條，和自己一樣。然而阿莉安德妮是黑桃7，論花色，阿莉安德

妮大過狂三。

不過，她有一種預感。如果再給她一張牌，她的手牌就會湊成更大的牌型。她有十足把握。

「過。」

「……過。」

阿莉安德妮也配合狂三，喊出過牌。翻開第五張公牌。

♠黑桃J。

（來了……！）

阿莉安德妮的手牌是♦方塊J、♠黑桃7、♣梅花7、♥紅心7、♠黑桃J——也就是三條和一對的組合……葫蘆。

響的情緒依然維持在「立夏」。當然，勝負沒有絕對。儘管感到些許不安，阿莉安德妮還是認為對方如果是三條，就不可能輸。

她如此相信。

然而——

「好了——」

接下來，就是要阻止狂三蓋牌，必須讓她認為她憑三條可以賭贏。

「……那麼，下注吧。」

「加注。」

阿莉安德妮假裝猶豫片刻，戰戰兢兢地宣布「跟注」。

狂三當然宣布加注。面對狂三的加注，阿莉安德妮以苦澀的表情宣告跟注。

然後，當狂三下注超過某個「界線」時，阿莉安德妮便露出狂妄的笑容說道：

「全押。」

響的感情突然凍結成冰。原本如「夏至」般溫暖的情緒一口氣陷入「大寒」。

「咦……咦，咦……！」

「……」

響陷入混亂，原本始終保持微笑的狂三也斂起表情。

「好了，妳要怎麼辦呢，時崎狂三？要蓋牌嗎？還是要跟我一樣全押？」

籌碼方面，阿莉安德妮只比狂三多一些。她自信滿滿地全押，代表手牌湊成的牌型相當大。

……不過——

狂三早已無路可退。因加注而堆疊的YP（籌碼）已經超過她持有金額的一半。倘若在這時蓋牌，累積的金額就會減半。

人類受不了這種誘惑。

何況她是時崎狂三。根據第九領域和第八領域的傳言，她是將一切操弄於股掌之間，擁有女王氣質的少女。

既然如此，得失心肯定非同小可吧。

「那麼——」

狂三面無表情地把籌碼全部推出去。

「全押。我接受妳的挑戰。」

「狂、狂三，這樣沒問題嗎？狂三～～！」

響不安地搖晃她。狂三嘆了一口氣，捏住響的臉頰往上扯。

「沒問題啦。放心吧，穩重地坐好。」

「我、我知道了。不，我才不穩重地坐好，我體重算輕耶。」

「呵呵呵，妳是跟誰比呢？」

「那當然是輝俐璃音夢啊。」

阿莉安德妮不敢相信狂三竟然還不慌不亂地展開對話，一副勝券在握的態度。

「——妳是葫蘆吧？」

「……！」

「從公牌來判斷，應該是J和7的葫蘆吧。」

阿莉安德妮儘管感到困惑，還是把自己的牌交給真夜。真夜確認完牌，點了點頭。

「沒錯。阿莉安德妮．佛克斯羅特是J跟7的葫蘆。」

阿莉安德妮問道：

「……妳猜出來了嗎～～……？」

「是啊，猜到某種程度吧。」

「那麼、那麼，妳為什麼——」

為什麼還能如此老神在在呢？「背後的緋衣響臉色都變蒼白了」。

那副表情簡直像認為輸定了。

「……狂三……狂三的……牌是……」

狂三與其說是撫摸響的頭，更像是用力搖晃般摸她的頭。

「——是的、是的。對不起喔，響。」

「……咦？」

「檯面上來說，只是個意外。喏，剛才我不是廢棄了一張沾了血的撲克牌嗎？『神奇』的是，當時的牌角黏在我的底牌上——」

狂三將底牌交給真夜。

真夜顫抖著手把牌翻開。正如狂三所說，牌上黏著被扯下來的紙牌一角。

取下黏在上面的牌角後，原本平凡的兩張牌展現出爆炸性的破壞力。時崎狂三持有的底牌是♥紅心5和♦方塊7……不對，是♥紅心6。

因此，狂三的牌型是——

♥紅心5，♥紅心6，♥紅心7，♥紅心8，♥紅心9。

同花順。

最強的牌型，葫蘆什麼的根本不放在眼裡。

「……！」

阿莉安德妮不禁站起來直盯著那張牌，都要看出洞來了。♥紅心6被血弄得有點髒。那是勝利之紅。輸了，被擊潰得體無完膚。然而，不知為何阿莉安德妮湧起了一股通體舒暢的感覺。

——太精彩了。

明明一敗塗地，自己的心卻熱血沸騰。阿莉安德妮還是第一次感受到這種奇妙的體驗。

「等、等一下，這……這是出老千！應該算我們贏吧？」

面對央珂的提問，真夜靜靜地搖搖頭。

「……若是在翻牌時偽裝成其他牌面才算出老千，這並沒有偽裝。正如剛才時崎狂三所說，只是個意外。因為一翻牌就會露餡。」

「可是！」

「別說了，央珂……是我輸了。」

「那麼，剩下佐賀繰由梨小姐了呢。」

「啊～～不行不行。阿莉安德妮賭輸時就已經沒戲唱了。我投降！好，ＯＫ。妳贏了！」

佐賀繰由梨胡亂搔了搔頭髮，扔掉手中的牌。

「嗯～～可是啊～～我有些事情不明白～～狂三，妳能告訴我嗎？」

「哎呀，什麼事呢？」

「為什麼我突然看不透妳的情緒了？」

阿莉安德妮開門見山地問道。狂三輕聲竊笑。

「妳果然在讀取我的情緒。」

「嗯。哎，反正招數都曝光得差不多了。老實說，我可以探測和操控感情，能讓情緒激昂的人平靜得像在打瞌睡，也能做出相反的事，然後，當然也能在前一個階段探測感情。不過……」

阿莉安德妮以翡翠般的眼瞳窺視狂三。

「從某個瞬間起，我就讀取不到妳的感情了。宛如——」

「宛如在思考別的事情一樣……是嗎？」

狂三緊接著阿莉安德妮的話說下去，她便點頭肯定。狂三承認她的確在想其他事。

響這才恍然大悟，原來她一直在想其他事啊。啞然無言的感覺令她不自覺想聳起肩膀。

「我一直在心裡『想著某個男人』，所以無心去在意牌的事。」

「……咦，真的嗎？」

「千真萬確。」

阿莉安德妮吐出一口由衷感到精疲力盡的氣，臉頰貼在賭桌上。

然後胡亂擺動雙腳，打從心底吶喊：

「竟然因為這麼無聊的理由進行了一場一億ＹＰ的撲克遊戲嗎～～？真不敢相信～～妳這個爛玩家，太扯了～～！」

「我當然有把部分思緒集中在撲克遊戲上，才能設下圈套啊。」

「那個～～狂三、狂三，我該不會是被利用了吧？」

響拉了拉狂三的衣袖詢問狂三。綜合以上的話，簡單來說，就是狂三將在背後守護她的響當作誘餌，引阿莉安德妮上鉤。

狂三露出滿臉令見者心蕩神馳的燦爛笑容，十分肯定地說：

「是的、是的。多謝妳精彩的配合。」

「惡魔——————！各位，這裡有惡魔——————！」

響大喊。

「可是，妳早就看穿了吧？」

「是沒錯啦～～！」

「妳被利用，不生氣嗎～～？」

響聽到阿莉安德妮的問題，歪過頭回答：

「咦？不，我超級生氣的啊。」

「緋衣響，妳哪有生氣～～反而很感激好嗎～～妳就那麼開心自己派上用場嗎～～？」

狂三吃驚地望向響，響便一語不發地挪開視線。她滿臉通紅，鼓起臉頰證明自己在嘔氣。

看來是說中了。

不好意思喔，反正我就是個揮之即來，呼之即去的女人啦。對啦，狂三「願意利用」我，而且還因此獲勝，我超級開心的啦，有意見嗎？這就是響的心境。

不過，總不能一直避開視線吧。響瞥了一眼狂三。

想當然耳，狂三一定正露出惡魔般的微笑吧——

「咦？」

也難怪響會發出呆愣的聲音。

「…………」

默默無語，臉頰泛紅，與狂三實在不怎麼相稱的表情。

仍然瞠目結舌且滿臉通紅的狂三凝視著響。

時光流逝片刻後，這次換狂三以生硬的動作把臉撇向一邊。

大概是認為響會調侃她吧。當然，現在的響可沒那種閒情逸致。

——自己目睹了窮極一生也看不到的表情。

響拚命按捺住一湧而上的感情。

「……咳。總之，這下子第七領域就過關了吧。用一億YP開啟通往第六領域的門。這樣可以吧？」

「交給我吧。身為第七領域的支配者，我會負責打開門……不過，無法立刻開啟。畢竟要把硬幣投進門裡，需要花不少時間。」

「咦，沒有一億幣嗎？」

「沒有沒有。所以，機會難得——凌晨一點了，要不要來我家坐坐？當然，這個第七領域是永夜，現在是一天之中最初的凌晨一點，也就是其他領域的人早已熟睡的時刻。」

「……哎呀，聽妳這麼一說，我莫名有點想睡了呢。」

狂三輕輕打了個呵欠。

「阿莉安德妮、央珂、真夜，妳們也來我家過夜吧。我有許多話想跟妳們聊。」

「妳的意思是，要開領域會議嗎？」

「不、不，怎麼可能。是更簡單的女孩們的談話！」

宮藤央珂苦著一張臉。

「……聽說妳只聊妹妹的事。」

「我也會聊別的事好嗎～～！」

雪城真夜舉手發言：

「我跟佐賀繰由梨聊過二十一次領域會議以外的事，其中的二十次聊的都是她妹妹佐賀繰唯特製型的狀態、外型、狀況等其他種種相關的事。」

「欸欸～～那剩下的一次是聊什麼？」

真夜默默地指著自己的肩膀說：

「佐賀繰由梨，妳肩膀上有線頭。哇啊，謝謝。沒了。」

「用不著把這個算成一次吧。總之，就是沒聊過妹妹以外的話題就是了。」

央珂忍受頭痛似的按住眉心。

「不不，不不不！這次我真的會聊其他話題啦！」

「不好意思——」

有一道人影溜進支配者們之間。

「唯，怎麼了？」

佐賀繰唯以透明的眼睛凝視著支配者們。

「雖然由我這個妹妹來說有點多嘴，不過可以請各位答應姊姊的要求嗎？我想各位一定會玩得很開心的。」

一陣沉默後，精疲力盡的阿莉安德妮開口：

「……好吧～承蒙妳妹妹照顧了，這次就去妳家過夜吧。」

「嗯。既然阿莉安德妮都答應了，我也去吧。」

真夜與阿莉安德妮望向央珂後，央珂也心不甘情不願地點頭。

「狂三，妳呢？還是說，妳不想住我家？」

「……嗯，既然要花時間，也無可奈何。如果響也一起去，是的、是的，我當然無所謂。」

「————！」

這時，響突然抖了一下。感覺剛才有種類似「妖魔」的東西掠過身體。同時，眼前的光景看起來歪七扭八。

事後響才知道她的感覺沒錯。

緋衣響領悟到——眼前的光景全都扭曲歪斜了。

○不速之客們的……

狂三等人被帶領到佐賀繰由梨平常住的宅邸後，大吃一驚。

「……箱子？」（阿莉安德妮・佛克斯羅特）

「……方匣？」（雪城真夜）

「……羊羹？」（時崎狂三）

「……啊！妳剛才該不會是在講同音哏吧？羊羹（YOUKAN）跟洋房（YOUKAN）。」（預定五秒後會被拳頭轉太陽穴的緋衣響）

總之，佐賀繰由梨的宅邸是箱型的，用箱子來形容實在十分貼切。色調是暗藍色，並不會太顯眼。

這棟建築物在第七領域這個五光十色的浮華世界中顯得有些格格不入。

「裡面很大很舒適，放心吧、放心吧。快進來♪」

由梨推了推少女們的背。少女們無奈地苦笑，接受她的熱情款待。

房門開啟。

內部有別於外觀給人的印象，冷冽的感覺減弱了許多，但還是看到各種奇妙的地方。比如說，天花板吊著水晶吊燈，牆壁卻是清水混凝土。紅色地毯很奢華，地毯下卻是用玻璃這類透明的材料製成的，用照明設備打光。

這是現代建築？還是想裝潢成古雅風格？抑或是支配者由梨一時心血來潮呢？總之，內部裝潢挺莫名其妙的。

不過，比起這種怪異的內部裝潢，有一名少女更吸引狂三等人的目光。

「……歡、歡迎……光臨。」

少女——佐賀繰唯發出生硬的聲音，並且低下頭。

「哎呀。」「哇啊。」「……」「唔嗯。」「唔！」

看見少女的模樣，五個人分別做出不同的反應。佐賀繰唯穿的並非平常簡樸流麗的水手服靈裝〈隱形靈裝・三四番〉，而是穿著女僕裝。而且不是傳統風格，是女僕咖啡廳風格，裙子是迷你裙，吊襪帶若隱若現。

也就是所謂的性感女僕裝。

還滿直接的，性感方面火力全開，是主張「穿著這套服裝的自己既可愛又性感」的衣服，也難怪唯會感到難為情。

「我說，妳平常都穿這種衣服嗎？」

「沒有。因為姊姊說今天是特別的日子……我個人比較喜歡平常穿的靈裝。」

「妳在說什麼呀？唯是世界上最可愛的妹妹了！」

由梨挺起胸膛自信滿滿地說道。唯聞言，身體越縮越小。

「世界上最可愛的是七歲的狂三小朋友！啊，不好意思，狂三無論何時都很可愛，真的。」

「……時崎狂三，妳動不動就用槍威脅自己的夥伴，不太好吧？」

「要妳管。」

「總之，希望各位今天在這裡好好休息。可愛得不得了的女僕唯會為各位服務到底！」

「請多指教。」

唯再次低下頭。

「欸、欸，由梨、由梨……我希望她面帶笑容掀起裙子，有沒有這種服務啊？」

聽見阿莉安德妮說的話，唯發出輕聲哀號。由梨面有難色地陷入沉思，慢慢說出答案：

「唔……我思考了一下可行性……最後還是不行……」

「竟然還思考了一下可行性啊……」

響傻眼地呢喃後，由梨又挺起胸膛。

「因為我家的唯很可愛啊！」

——那一瞬間，響的內心又激起奇妙的漣漪。

（咦？）

有一絲不對勁，有某種東西扭曲歪斜的感覺。不過，連比別人更敏銳的狂三都沒察覺到。

只有響一個人發現那個「怪異」的感覺。

結果——響還是決定不予理會。那種事跟狂三和響無關，響也沒有權利指摘出這一點。

如果是摯友，她會毫不客氣地追根究柢，但她「們」連朋友都算不上。

嗯，算了——響如此低喃後，挽起狂三的手臂。

「走吧走吧，去我們的房間，狂三！」

「說的也是。小唯小姐，妳可以帶我們去嗎？」

「好的。住宿的各位，請往這邊走。」

唯帶領大家爬上中間的階梯後，響恐怕是無意識地彎下腰。

「下流也要有個限度吧。」

狂三傻眼地嘆了一口氣，遮住響的眼睛。

「……？」

唯回過頭，理解響的姿勢代表什麼含意後，連忙用手按住裙子。

「狂三小姐的同伴，就某種層面來說滿厲害的呢。」

狂三唉聲嘆了一口氣，並且搖晃響的頭。

「真想跟她拆夥呢。」

「不好意思，我有點頭暈想吐了，饒了我吧……」

——好了、好了。

唯帶領她們來到的房間也像大廳的內部裝潢一樣，有點混亂。

床鋪像一流飯店那般豪華，牆壁卻是半透明的玻璃磚。上面沒有裝水晶吊燈，而是天花板整體十分明亮。

「只要說一句『唯，關燈』，ＡＩ就會產生反應，自己關燈。」

唯說完這句話後，照明果然熄滅，變得一片漆黑。

「……不好意思，好像對我說的話產生反應了。」

「如果不快點告訴我們開燈要說什麼，我家的響就要潛藏於黑夜，化身變態嘍。」

「『唯，開燈』！『唯，快開燈』！」

「狂三，妳對我的偏見是不是與日俱增了啊！小唯小姐用看著怪人的眼神在看我耶～～！」

響有點哭出來了。

◇

佐賀繰由梨躺在床上仰望著天花板，突然想起唯還在世的時候。

她跟妹妹兩個人一路戰鬥過來，雖然唯在半途「淘汰」，但由梨毫不氣餒地將她以機關人偶的形象重現。

不過越是重現妹妹，由梨就越是感覺到。

自己其實根本不了解佐賀繰唯這名少女。

兩人最後的談話簡直糟透了。

——姊姊，我有■■■■■。

——所以，■■■■■在這個家■■■■■。

——我■■■■■■■■■■！

在最後的最後，兩人不歡而散。

那件事至今仍讓由梨後悔不已。兩人就這麼留下疙瘩，就此離別。

不過，那份後悔也如同沙灘上描繪的文字一樣，逐漸消失得一乾二淨。

妹妹死後，自己依舊在第七領域戰鬥，遇見各式各樣的人。喜悅一點一點地累積，悲傷漸漸

消逝。

由梨心想：自己未免太薄情了。

——搞不好，我一點也不愛妹妹。

由梨也曾這麼想過。她問過機關人偶這個問題，但她們一定都如此回答：

「才沒這回事呢，由梨大人。」

只不過是回答自己渴望聽到的答案罷了。

自己果然頭腦有問題吧——

敲門聲。

「請進～～」

佐賀繰由梨以慢悠悠的語氣回答。

◇

唯退下後，響撲上床。

「累、死、了————————————————！」

然後大喊。

「累的主要是我吧。」

要維持撲克臉也是不容易。贏是贏了，但也總是有可能輸，甚至連冒出的汗水都得靠意志力抑制。

「對了，岩薔薇和凱若特小姐呢？」

「喔喔。我請岩薔薇去監視賭場，凱若特小姐則是觀察我四周有沒有什麼異常，若是有異常發生就聯絡我——但看來似乎一切正常。」

凱若特當然是幹勁十足地接下了這個任務，但並沒有發生什麼事情，令她大失所望。如今在酒吧意志消沉，四張撲克牌在安慰她。

「咦？那岩薔薇現在不在嗎？」

「該辦的事都辦完了，現在應該在賭場玩吧？」

聽了狂三說的話，響想像岩薔薇優雅地賭撲克遊戲或吃角子老虎機的模樣。老實說，有點有趣。周圍的人應該會因為她長得跟時崎狂三一模一樣而大吃一驚吧。

「不過，我可能有些鬆懈了。」

「什麼意思？」

狂三難得欲言又止。

「噢，沒什麼。麻煩的是，我不知道該怎麼說明，只是覺得有些不對勁而已。大概是我多心

了吧。」

響也對狂三說的不對勁一詞感到在意，但現在因為疲勞，不太想去思考。總之，迎來了好結果，應該不用在意吧。

「接下來終於要到第六領域了呢。這是我聽說的最後一個領域。第五領域(Geburah)到第一領域都充滿了未知，不知道未來會怎麼樣。」

「哎呀，妳不打算跟過來嗎？」

面對狂三的提問，響嘻嘻嗤笑。

「怎麼可能，我一定死命跟著妳。不論是第五、第四還是之後的領域……不對，在那之前，得先找出前往第一領域的方法才行呢。」

「是啊，所以我會去向那些支配者打聽。感覺她們是目前擁有最多那方面情報的人。」

「啊啊，原來如此……」

「而對方應該也想要有關白女王的情報吧。我把在第三領域戰鬥時的情報告訴了銃之崎小姐，但似乎沒有傳到其他支配者的耳裡。」

銃之崎烈美。繼任絆王院華羽，成為第八領域的支配者——但大概因為要忙的事情太多，無暇與其他領域交換情報吧。

「……如此想來，倘若銃之崎小姐有確實地聯絡其他支配者，我們就不用在賭場磨耗精神了吧。」

「不管怎樣，結果都一樣。如果是華羽小姐倒還好，其他支配者就未必會那麼輕易相信成為新支配者的她。」

結果她們想知道的是時崎狂三這名少女，不像自己加上「準」字的真正精靈是何方神聖吧。同時也想知道她究竟是不是白女王的敵人。

「所以說，狂三妳合格嘍？」

「我又沒有施暴，雖然多少有威脅一下，但還在容許範圍吧。接下來——」

叩、叩。

「請進。」

狂三應聲後，眼睛如絲線般細小的阿莉安德妮打開了門。

「啊，妳們果然還沒睡。有時間嗎～～？」

「有啊。」

「那麼～～要不要聊聊天～～？」

「……好的、好的，當然沒問題。我也想跟妳打聽各種情報。」

狂三站起來，響當然也跟著從床上起來，卻遭到阿莉安德妮制止。

「不好意思喔～～響妳不行～～」

「咦～～！」

「央珂不喜歡妳在場～～真的很抱歉～～」

宮藤央珂——第六領域的支配者。看來，她還沒對響敞開心胸。

「沒辦法，我一個人去吧……響，妳在這邊等我。」

「唔唔。」

狂三這麼說，響也只能默默接受了。

走廊上，走在前頭的阿莉安德妮詢問狂三。

「結果響對妳而言是什麼樣的存在？」

「妳說呢？解釋起來要花不少時間。」

「要花多少時間？」

「嗯～～……半天？」

「也太久了吧，那算了。妳信任她吧？」

「那是當然。如果她無法信任，那這個鄰界就沒有任何事情信得過了。」

「……那麼信任她啊……總之，今天就別聊這個話題了。今天必須優先聊的事情是——」

「白女王，對吧。」

阿莉安德妮點點頭，打開房門。雪城真夜和宮藤央珂在房內等待，不見佐賀繰由梨的身影。

「哎呀，關鍵的第七領域支配者不在嗎？」

宮藤央珂面有難色地點點頭。

「是啊，她身體有點不舒服。」

「……支配者也會身體不舒服嗎？」

「有的會。不過我們支配者在這個鄰界的……該稱為『存在強度』的性質，比其他準精靈來得強，不會那麼容易就弄壞身體。」

「照理說，也不會變成不祥的空無。」

央珂唾棄似的低喃。狂三想起第八領域的她，惡狠狠地瞪向央珂。大概是察覺到狂三的情緒，阿莉安德妮拉了拉她的衣袖。

「……我想她沒有惡意啦～～」

「這樣不是更可惡嗎？」

「……前陣子，她的領域被白女王襲擊，所以傷到了她的自尊～～」

據說是因為白女王操縱空無，才闖進她的領域。

第六領域立刻肅清空無，暫時恢復了平靜，但受害頗為嚴重。

「……我聽說了絆王院小姐的事。可是，她是支配者，照理說不可能變成空無才對——」

狂三想反駁央珂的言論，真夜卻搶先一步用手制止她。

「……關於這個謎團，我想時崎狂三應該有情報要提供。」

真夜用透明的眼睛凝視狂三。

「也對……恐怕最了解她的人是我吧。」

「等一下。在那之前，為什麼身為精靈的妳會——」

「我會從頭開始說，不想說的，我不會說就是了。可以吧？」

比如「自己是什麼樣的存在」，還有響痛切的心情。

尤其是關於響的事，不是狂三可以主動談論的。若是要前往現實世界的動機，自己倒是可以光明正大地挺起胸膛述說。

阿莉安德妮趴在桌上，用手指比出一個圓。

「……可以～～我們也有許多話想說～～」

「那麼——我想想喔，就從出發地點（Malchut）說起吧。」

她經歷了許多事，有愚蠢的事，也有悲傷的事。

重點在於，經歷了戰鬥。

狂三真的難得健談地聊了很久，但談的多半不是心路歷程，而是有關白女王的能力。

對支配者來說，白女王是充滿謎團的存在。

擊敗前第三領域支配者凱若特・亞・珠也，然後開始到處侵略其他領域的精靈——不，是準精靈。

「反轉體……原來如此，在準精靈身上看不到這種現象，但白女王本身的存在就能說明這種現象。」

這樣啊——真夜點頭認同。

「不過，不清楚為何會產生反轉體。原因來自時崎狂三吧？」

「原因可能來自我，也可能不是。不過，我敢說的是我當然有心要解決她。反正我是來這個鄰界旅行的——然而，既然『她』是反轉體，我就必須和她做個了斷。」

真夜和央珂的視線集中在阿莉安德妮身上。

「嗯~~……她說的應該是實話。剛才的話充滿了熱情~~」

「雖然我有些不情願被讀取感情……但這樣有證明我說的話屬實了嗎？」

「有……沒有更多有關白女王能力的資訊嗎？」

「這個嘛——」

狂三有些欲言又止，阿莉安德妮敏感地察覺到她的心情，抬起頭詢問：

「怎麼了？」

「……妳的能力真的很麻煩呢。聽好了，這只是假設，並非確定的事實。在這樣的前提下，

妳們還想聽我的假設嗎？」

「當然。既然是時崎狂三提出的假設，再怎麼荒唐也還是有幫助。」

聽見真夜說的話，央珂和阿莉安德妮也點頭表示同意。

「那我說了。白女王為何能讓空無服從她？答案是『因為讓她們陷入情網』。」

現場一陣沉默。

不久，真夜戰戰兢兢，疑惑地詢問：

「……陷入情網？」

「陷入情網。是的，沒錯。我承認這的確是個異想天開的想法，但是在第八領域發生的事讓我不得不這麼想。」

狂三一五一十地道出絆王院華羽變成空無，逐漸消失的過程。

「著了白女王的道，陷入情網」。

剝奪了她真正的戀愛，灌輸假的戀愛。華羽煩悶又苦惱，最後選擇自我消滅。

狂三說完時，三人的表情僵硬凍結。其中央珂的臉色鐵青，差點就要昏過去。

真夜透露出厭惡感，低喃道：

「那邊的世界有個概念叫寄生蟲。被幾隻蟲寄生的宿主改變了本來的生存目的，甚至被逼上絕路。她所做的事，就是這樣。」

阿莉安德妮悲傷地垂下視線。

「……會被奪走啊。那真是……悲哀呢。」

「也就是說，那個……只是驅逐空無並沒有意義嘍？」

真夜代替狂三回答：

「也並非沒有意義吧。假設她說的是真的，這變成雙重假設了。準精靈變成空無、成為白女王的奴隸是階段性的。灌輸準精靈所謂『愛情』的情感；等待情感發酵；變成空無，成為女王的手下。只要留心第一階段和第二階段的徵兆，應該就能抑制了吧。」

「……嗯，那是支配者該思考的事情。好了，這次換妳們提供情報給我了——前往第一領域的方法。」

「……」

最先開口的，是央珂。

「第六領域沒有任何頭緒。不過，我的領域是鄰界的核心，如果有情報，我應該會第一個得知。沒有的話，就代表——」

「完全沒有線索，是嗎？」

「……我的第二領域也沒有情報。話說，我的領域除了圖書塔，幾乎什麼都沒有就是了。」

真夜說完，狂三歪過頭。

「圖書塔？」

「我領域唯一的建築物，把從鄰界收集來的書堆在那裡。」

「……有第一領域的資料嗎？」

「沒有。所有書都讀過的我說沒有，就肯定沒有。」

狂三聽了真夜說的話，嘆了口氣。

「沒有線索，是吧。」

「……有一個線索喲～～」

阿莉安德妮舉起手如此發言，所有人立刻神色緊張。她像是要破壞這種氣氛似的笑道：

「白女王。她似乎也要朝第一領域邁進吧～～所以～～只要調查她，勢必能得到第一領域的線索吧～～」

「哎呀、哎呀。妳這種說話方式，簡直就像希望我和白女王互相廝殺一樣呢，阿莉安德妮小姐？」

「說得對極了。」

少女露出毫無惡意，天真無邪的笑容。

「……就如同我剛才所說，必須與她做個了斷。但老實說，我確實沒有殺手鐧可以對付她，畢竟對方兵力眾多。可以請各位幫忙嗎？不過，妳們沒有拒絕的權利就是了。」

「當然好。」

央珂點頭答應。

「……看來不答應也不行呢。不過，我應該幫不上忙吧，我畢竟不是適合戰鬥的準精靈。如果妳想訴諸暴力的手段，我推薦這兩人。」

真夜的視線在央珂和阿莉安德妮身上來回移動。

「妳們兩位準精靈是以什麼樣的方式戰鬥？」

聽到這句話，兩人保持沉默。看來說是同伴，也沒有澈底獲得她們的信任。

「好吧，那我換個問題。剛才我說起白女王時，同時提到了跟隨她的三個棋子(Piece)吧。我只有跟ROOK交手過——考慮到我提過的她的能力，妳們能肯定地說可以戰勝她嗎？」

「能打贏。（央珂）」「應該吧～（阿莉安德妮）」「至少能打個平分秋色。（真夜）」

「那就沒問題了。對我來說最辛苦的，是與白女王交手時在人數方面居下風。我一個人還能解決所有空無，但要面對ROOK和三個本領與她旗鼓相當的對手，實在是……」

老實說，光是面對ROOK一人就已經打得很辛苦了，更別說白女王是站在她們頂端的存在。恐怕不會背叛、倒戈，也不會屈服吧。

自己最信任的緋衣響就算能上戰場，也打不過ROOK等人。若是岩薔薇和凱若特·亞·珠也，倒是能與她們勢均力敵。即使如此，還是少一個人。

至少必須再有一個支配者等級的準精靈加入戰場，否則還是會居下風。

央珂挺起胸膛說道：

「交給我們吧。不只我們，所有支配者應該都會願意幫忙打倒白女王的。」

「是嗎～～第九領域大多是非戰鬥型的準精靈，沒那麼容易答應吧？第八領域還在混亂中。老實說第七領域也是，小唯倒也罷了，由梨根本不適合戰鬥……」

「蒼和篝卦葉羅嘉，有那兩個人。」

「小蒼在第五領域專心對付從第三領域攻進來的空無；葉羅嘉在第十領域為了成為支配者，正在參與廝殺吧～～」

「哎呀，篝卦葉羅嘉小姐在第十領域嗎？」

「那個領域混亂的話，會對我們的領域造成不好的影響。第十領域的準精靈個性惡劣，若是以廝殺充實人生的傢伙進入其他領域，治安會亂套。而且，如果白女王趁混亂之際也支配那個領域，就慘不忍睹了。」

真夜淡淡地嘟噥著狀況。

「也就是說～～只能靠我們三人想辦法解決了吧……我是……無所謂……啦～～……」

阿莉安德妮說話漸漸變得斷斷續續。看來她已經撐不住，想去夢周公了。

「那麼，差不多該解散了吧。噢，對了，時崎小姐。」

央珂站起來，伸出手。

「請多指教。一起並肩作戰吧。」

狂三猶豫了一下後跟她握手。

央珂優雅地行過一禮，靜靜地離開房間。

「——那麼，我也告辭了。阿莉安德妮．佛克斯羅特，妳也是明天要回自己的領域嗎？」

「是啊～～要同行一段路嗎？」

「……就這麼辦。」

真夜也離開房間，剩下狂三和阿莉安德妮——直到方才還展開激戰的兩人。

「想不到進行得這麼順利呢。」

「這倒未必喲～～任何人都會有所保留。」

「哎呀，所以妳也是嘍，阿莉安德妮小姐？」

阿莉安德妮微微一笑，沒有回答。

——總之，支配者與狂三極為友好地進行談話，明天將會展開白女王的包圍網吧。

雪城真夜、阿莉安德妮．佛克斯羅特、宮藤央珂——

她們展開行動，再加上時崎狂三，想必白女王也免不了苦戰一番。

然而，隔天。

「來……………來人啊！」

卻突然發生了一件事，讓計畫全部泡湯。

因為佐賀繰由梨「被殺了」。

○要打哪張牌？

●——時崎狂三的證詞

這個嘛，跟支配者談完話後，我就回去自己的房間。除了響以外，佐賀繰唯小姐也在。不過，她一看見我便問候我一聲，離開房間了。我也累了，沒跟響聊天，立刻便睡著了。

沒有……作夢。

閉上眼睛不久，等我意識到時已經早上了。不，說是早上，在第七領域依然是夜晚。

然後響搖晃我，我反射性地對她施展三角鎖技法。更正，是優雅地起床。

我呼喚小唯小姐，想跟由梨小姐打聲招呼再離開第七領域，她便帶我們去她的房間。

於是——就發現那具屍體了。

●——緋衣響的證詞

這個嘛～～狂三去密談，我閒閒沒事，就跟小唯小姐聊天。那個，小唯小姐一直把裙子往下拉，想要遮住腿，但我告訴她這個動作反而會刺激情慾。

……咳，先不談這個。我跟小唯小姐聊天時，狂三回來了，所以小唯小姐就立刻離開房間。

狂三好像很累的樣子，我也決定立刻就寢。接著，我先起床，就搖搖她想叫她起床，結果她一個三角鎖把我固定住。不覺得好心被雷劈嗎？

反正，我好不容易把狂三叫起來後，就喝了咖啡。之後和狂三兩個人想去跟由梨小姐打聲招呼，便把小唯小姐叫了過來。是的，當然是從昨天開始一直和我聊天的特製型小唯小姐。

小唯小姐敲了敲由梨小姐的房門，但是沒人應聲。

她歪過頭，在門外呼喚由梨小姐，依然沒有回應。

於是她仰望了一下虛空，嘴巴一張一合。接著低喃一聲「真是奇怪」，打開房門。

上鎖？房門……沒有上鎖。至少小唯小姐一推就開了。門打開後，就發現佐賀繰由梨小姐……身亡了。

●——佐賀繰唯的證詞

……是的。我的確跟緋衣響小姐聊過天，主要都是在閒聊。我記得大多在聊時崎狂三小姐的事。有稍微提起姊姊——由梨大人，但都是些我無法回答的問題。

狂三小姐半夜回到房間，於是我決定立刻告退。因為她看起來很累，我判斷她應該會立刻就寢。

之後謹慎起見，我便到由梨大人的房間。我敲門後，她有回答，我告訴她自己也要進入待機模式後便返回自己的房間。

預定起床時間快到的時候，響小姐叫我過去，我便前往她們的房間。她們說想向由梨大人打聲招呼，我便接受她們的命令。

前往由梨大人的房間後，我一如往常地先敲門。

沒有人回應，也感覺不到室內有人的氣息。考慮到昨晚的事，我認為她還在休息，但謹慎起見，我還是向這棟宅邸裡所有量產型佐賀繰唯尋問由梨大人的下落。

由於沒有她昨天踏出房門的紀錄，我有種不祥的預感，便打開房門。

……是的。當時我完全忘記了，本來是有鎖門的。若是打不開，我也會把門撬開，結果還是一樣的就是了。

然後發現佐賀繰由梨……姊姊的屍體。

屍體在床上像是睡著了一樣，但「整個房間沾滿了血」，這時我便推斷她是重傷或死亡。

狂三小姐立刻朝走廊的天花板鳴槍，大概是為了通知其他支配者發生了異常事態吧。

果不其然，央珂小姐和真夜小姐立刻飛奔而來。阿莉安德妮小姐一臉睏倦，最後抵達。不過，三人趕來的時間幾乎沒有差別，頂多五分鐘上下吧。

然後，等六人到齊，再次確認屍體。

……隨後，屍體立刻便「消失了」。

●——宮藤央珂的證詞

也算不上什麼證詞。我們跟時崎狂三談完話，立刻就上床睡覺了。因為聽到槍聲，以為發生了什麼事，立刻從床上跳起，直奔聲音來源。真夜跑在我身後，阿莉安德妮晚了一些才跑過來。

當然有目擊房間的慘狀，也確認過屍體。

還有之後的消失……

時崎狂三鳴槍真是個妙招呢。多虧她這個舉動，我才能親眼目睹佐賀繰由梨的消失。

除此之外……不，沒有其他事可說了。

●——雪城真夜的證詞

和宮藤央珂幾乎一樣。

……我姑且說一下我看見的事情，佐賀繰由梨消失是在晚上七點三十二分。從過去的資料顯示，準精靈被殺害到消失，大約有十秒到十分鐘的時間落差。

反過來說，最久也不過十分鐘。如此一來，我們全都只有「正在睡覺」的不在場證明，因此所有人都有嫌疑。

所以，面對「是誰殺了佐賀繰由梨」這個問題，所有人都只能這麼回答吧。

——「不知道」。

在意的事……對了，我覺得現場有點太過淒慘。那種程度的話，快起床的我們應該能聽到戰鬥的聲音才對……

應該先調查房間是否有隔音吧。

●——阿莉安德妮·佛克斯羅特的證詞

我也沒什麼可講的耶～

只是，沒有自殺的可能性嗎？動機當然不清楚，不過有時候會突然很想死吧？

另外——她昨天沒有跟我們一起討論白女王，這一點很可疑呢。就算身體有點不舒服，我還

是不知道她為什麼會拒絕我們的聚會。

一大堆不知道的事情呢～

該怎麼辦呢？

◇

聚集在大廳的狂三等人表情十分僵硬。

畢竟人死了，屍體消失，同時血跡也瞬間被清除。總之，佐賀繰由梨死了。

而且，那無庸置疑是他殺。

「好了，杵在這裡也於事無補。各位，該怎麼辦呢？」

狂三開口詢問。狂三的態度令央珂表情五味雜陳地望向她。

「……總不能什麼事都不做吧。必須找出殺人凶手。」

「小唯小姐，妳沒意見吧？」

唯原本僵在原地，被狂三呼喚名字後，微微挺直背，點點頭說：

「沒有。」

「這棟洋房如何防範外來侵入者？」

「……包含量產型的我在內，定期巡邏和使用動態感應器。另外地板會測量準精靈的體重，已經確認過沒有變化。從昨晚到今早這段時間，沒有半個人闖進這棟宅邸。」

如果各位想看——唯如此說道，在空中顯示資訊。

沒有侵入者的痕跡。

感應器也沒有難以理解的錯誤和雜訊。

唯眼神銳利地望向包含狂三和響在內的支配者。

「也就是說，殺死佐賀繰由梨的就是妳們其中一人。」

想當然耳，所有人陷入一陣騷動。

反駁這番話的是宮藤央珂。

「等一下，未必如此吧。也有可能是妳們當中的誰發生故障，失手殺害主人啊。」

「……『照理說，我們沒辦法反抗佐賀繰由梨』。既然製作了機關人偶，姊姊便會小心謹慎地管理。」

「可是——」

「宮藤央珂，少安勿躁。假如是失手殺人，她們應該會如實稟報。既然沒有聽到這類報告，不管凶手是誰，看來都『心存惡意』。」

雪城真夜向前一步。

「那麼，誰是凶手呢～～？」

「應該調查這件事。這棟宅邸今天太多外來者了。」

真夜凝視著狂三。狂三感受到她的視線意有所指，微微冷笑著回瞪她。

「哎呀、哎呀，妳這樣彷彿我就是凶手似的。」

「是妳，或是『妳們』嗎？」

「咦，我嗎！」

響跳起來指著自己。

「……也對。只要妳用〈王位篡奪〉換成佐賀繰唯的臉，進入房間也不會被懷疑吧。」

響聞言，猛力搖了搖頭。

「不可能，不可能不可能！我說啊，我的〈王位篡奪〉是從他人身上奪走容貌！需要被奪取的當事人！」

「——不好意思，可以聽我說一句嗎？」

佐賀繰唯瞪著響。

「什、什麼事？」

「剛才已經確認『有一名量產型的我下落不明』，正在搜索。」

「咦……」

所有人露出吃驚的表情望向響。狂三也斂起笑容，將視線移向玄關的門。

「呃～～也就是說～～是這麼一回事嘍？響小姐奪走量產型小唯的臉～～前往由梨的房間，趁機殺害～～……」

「不可能不可能不可能！別看我這樣，我可是個楚楚可憐又脆弱的少女！怎麼可能跟支配者交手啊！」

「……那個，其實啊，由梨大人的戰鬥能力跟非戰鬥型準精靈沒什麼兩樣。既然靈裝會在睡前解除，防禦手段也有限。」

佐賀繰唯說完，臉上浮現僵硬笑容的響也漸漸意識到這件事的嚴重性。所有人都沒有像樣的不在場證明，而最有可能行凶的手段是自己擁有的能力。

「等、等一下……」

「待在原地別動，緋衣響。」

真夜踏出一步。

「響，過來這裡。」

狂三呼喚她。阿莉安德妮在原地不動，央珂和真夜並肩而立。緊張的情緒越來越高漲，彼此都露出一副不容對方辯解的表情。

這時，阿莉安德妮介入了。

「好了、好了，說緋衣響是凶手還言之過早。要論可能性，我跟真夜也有啊。央珂嘛……嗯～～有隱藏什麼能力的話。而且——」

阿莉安德妮挑釁地瞥了狂三一眼。

「狂三也十分有可能是凶手啊～～」

「我就要離開第七領域了，沒有殺害由梨小姐的動機吧？」

「這就是動機。」

阿莉安德妮像指出凶手似的指向狂三。

「比方說，今天早上由梨突然出爾反爾，妳不就產生了殺人動機嗎？」

「這個推測毫無意義。由梨小姐並沒有對我說要違背約定。」

響感覺到。

所有人早已「火藥味十足」。只能開戰，互相廝殺。

不過，響決定指出所有人遺漏的另一種可能性。

「那個，我認為有個人更可疑。」

這句話破壞力之大，足以壓制住所有人的戰意。大家將視線集中在響身上。

「是『女王』，白女王。那個人能潛入所有地方吧？能無聲無息地殺死支配者的人物，頂多只有女王了吧？」

「……可是，她沒有道理只殺死佐賀繰由梨。她有什麼理由不對我們出手——」

「有，『因為我在場』。嗯，如此想來，她的動機很可能是想引起內部分裂。我不會毫髮無傷，而妳們也至少會死兩個人。」

「妳這是以自己會戰勝為前提來回答。都不曉得我的能力是什麼就——」

「誰管妳啊，我就是會打贏。」

狂三挺起胸，理直氣壯地回答。央珂也被她的氣勢所震懾，不禁閉口不語。總之，響的這番話令所有人的注意力從一觸即發的戰爭移開。

「的確。這時我們開戰，會開心的肯定是白女王。不過，未必是她親自來到現場。」

「怎麼說？」

「……她能使人陷入情網吧？既然如此，極有可能是『陷入情網的某人殺了』由梨。」

「啊——」

響摀住嘴巴。

真夜說的沒錯，那樣比較安全。

「然後……既然大家認同我的推測，我有一個提議。」

「提議？」

「『委託時崎狂三調查』究竟是誰殺害了佐賀繰由梨，各位覺得如何？」

真夜的提議似乎也出乎央坷和阿莉安德妮的意料，兩人眨了眨眼。

「……妳們信任我嗎？」

「是妳透露了白女王的能力。照邏輯來思考，如果妳站在女王那一方，沒道理要揭發她的能力，而且妳還提出最有可信度的推理來解釋白女王至今為何能在背地裡活躍。」

「嗯～～……無法反駁呢～～」

阿莉安德妮嘟囔了一句。

「請等一下，我沒有打算做那種類似偵探的事情——」

就在狂三察覺到風向，正要拒絕的瞬間。

『我贊同她的意見。』

不是在場的人但曾經聽過的聲音從天花板的方向響起。

「剛才的聲音是……！」

『我是第七領域支配者緊急代理ＡＩ——由離。是這棟宅邸的系統，在佐賀繰由梨死亡後會自動啟動。』

「由梨……大人……？」

『佐賀繰由梨死亡後，聽取所有人的對話，判斷緊急事態仍在進行，將封鎖這棟宅邸。將量產型佐賀繰唯的運作權限轉移給由離。為解決事態，任命時崎狂三為第一級系統管理官，解開佐賀繰由梨的死亡謎團。』

「……小唯小姐？」

唯一臉愕然地搖搖頭。

「我、我不知道……由梨大人完全……沒告訴我這個系統的存在……移交……量產型唯的運作權限……？」

響回過頭，「噫！」的一聲發出含糊的尖叫聲。

量產型佐賀繰唯聚集在玄關大門，以冰冷的眼瞳目不轉睛地窺視她們。

「由離小姐，我有問題想問。要是拒絕扮演偵探，試圖強行突破，會怎麼樣？」

『量產型唯的能量源是靈晶炸藥。目前有一百零三具量產型唯活動中，同時爆破的話，姑且不論時崎狂三，但百分之九十九能炸死緋衣響。』

「呀～～！根本是池魚之殃啊！」

「……」

『——我就像準精靈一樣，不會說謊。若是時崎狂三企圖逃走，我一定會讓她們爆炸。』

「這個ＡＩ好像是來真的……」

狂三思考片刻。她不認為佐賀繰由梨的死亡無關緊要，反而正如雪城真夜所說，既然白女王介入的可能性很高，就絕不能等閒視之。

「好的、好的，我接受。這個事件由我來解決。」

『謝謝。那麼，我希望所有人繼續留在這棟宅邸，會把妳們照顧得無微不至的。』

之後由離的聲音便中斷。

「那個，我不是很想說啦，但妳姊姊想法真是愉快（腦子真是有洞）呢。」

聽見響說的話，唯不知道自己該露出何種表情。

「那麼各位，沒有意見吧？由我來解決事件。調查、偵訊、找出凶手，不容分說地『吊起來審問』。」

「……我們也是嫌疑犯嗎？」

「雖然不能接受，但也無可奈何呢～」

「——妳們兩個夠了，由離說的沒錯，應該讓狂三小姐去尋找凶手。」

三人反應各不相同。響心驚膽顫地觀察與狂三相對而立的三名支配者。

雪城真夜——看起來不服，還是表示同意。儘管不喜歡自己變成嫌疑犯，但沒有敵意。

阿莉安德妮．佛克斯羅特——擺明不悅，又有種在嘲笑的感覺，甚至連是敵是友都沒個準。

宮藤央珂——雖然嘴上那麼說，還是看得出有些忸怩。

而站在己方旁邊的特製型佐賀繰唯則是顯然感到困惑和悲哀。

悲哀……這一點能理解。畢竟佐賀繰由梨死了，雖說是機關人偶，傷心時還是會難過吧。困惑是因為狀況驟變，頭腦跟不上嗎？

不過，我自己也幾乎沒跟上就是了。

本以為由梨死掉，沒想到啟動了ＡＩ由離，威脅說不解開謎團就要炸死所有人，這是什麼神展開啊？

「……早知道就踏踏實實地賺錢了～……」

響垂頭喪氣地低喃。

「那樣有可能還是會悔不當初。到頭來，既然這個事件牽扯到白女王，我們也不能逃避。好了，那麼——小唯小姐。」

「是、是的！」

「先去察看房間吧，然後再問話，最後讓我檢查監視器的影像。另外，雪城小姐。」

「？」

「別擺出滿頭問號的表情。請妳使用之前禁止舞弊的無銘天使。」

「……為什麼？」

「監督我們是否有做出什麼不正當的行為，並且請妳發誓不會對我們不利，可以嗎？」

真夜考慮了一下後點頭答應。

◇

「開封——第四書．〈絕對正義直下〉。我在此宣言，不會妨礙兩人調查佐賀繰由梨殺人事件。若有違背，我的臉頰將被利刃劃破。」

黃金天秤與兩條鎖鏈把真夜與誓約綁在一起。

〈——接受宣誓。若有妨礙調查的行動，將劃破臉頰。〉

「……那麼，我很想請妳們開始調查，不過調查前我有一個問題。」

真夜一臉納悶地指向狂三。

「妳這身打扮是怎樣？」

狂三改變了靈裝。既不是平常黑色優雅的〈神威靈裝．三番〉，也不是兔女郎，而是獵鹿帽搭配褐色披肩大衣。世界知名的偵探夏洛克．福爾摩斯的裝扮。

「這是一種氣氛啦，氣氛。」

「我也想換裝，不過該穿什麼來扮演華生啊？還是扮哈德遜夫人好啊～～」

「響，妳扮演那個吧，花斑帶。」

「那個不是人吧！」

「……真的沒問題嗎……」

總之，開始調查。

「那麼，立刻察看房間……不過，我說……」

「這裡什麼都沒有呢～」

佐賀繰由梨的房間除了床鋪和桌子（一張椅子）外，空無一物。看見比自己住的房間還要簡單的畫面，兩人目瞪口呆。當然，血已經消失，沒有任何證據能證明她曾經存在於這裡。

「由梨大人……只是來這裡睡覺而已。」

「話雖如此，她死在這裡是事實吧。前提是那並非幻影……響，妳還記得當時的情景嗎？」

「啊，是，當然記得。我記得她是躺在這一帶……沒錯，是躺在這裡。」

響一邊這麼說著一邊倒臥在床上。

「在這裡……像這樣……沾滿了血……」

「沾滿了血對吧。是在這裡殺死，還是在其他地方殺死後到處灑血？唔嗯，真是個謎呢。」

「如果是在其他地方死掉，不是應該在那裡消失嗎？」

「也有可能殺死後立刻搬到這個房間。不過，問題在於為什麼需要做這種事就是了。」

狂三拿起床上的枕頭。

「那麼，【十之彈】。」

影子子彈擊穿枕頭與狂三的腦袋。已經目睹第二次，真夜眉頭一動都不動地注視這一幕。

這個枕頭的記憶在狂三眼前播放。記憶如同傳統式底片在狂三的腦海沖洗出影像。

當然，大部分的過去記憶都沒有意義，因此飛快跳過。正如唯所說，由梨似乎只是回來這裡睡覺。而最後，當然是把焦點放在昨晚的記憶。

不過——

狂三突然打了個寒顫。注視枕頭的人影；巨大的眼球；以驚人的速度行動的東西。宛如恐怖電影裡的怪物的東西目不轉睛地凝視著這邊。

「————！【四之彈】。」

狂三緊接著朝自己射擊影子子彈。躺在床上的響和真夜連忙奔向狂三。

「狂三！」

「……差點被精神汙染(Crack)。」

「怎麼回事？」

狂三憤恨地瞪著枕頭。

「凶手推測我應該會讀取這個枕頭的記憶，因此設下了陷阱，似乎打算破壞我的精神。」

「……也就是說——」

「這個凶手，『相當了解我的能力』。」

〈刻刻帝〉的能力中最適合用來尋找殺人凶手的是【十之彈】。如果有留下犯案時使用的凶器，只要朝它射擊子彈，讀取記憶就好。不，只要射擊犯案現場的遺留物就夠了。

「……還能使用【十之彈】嗎？」

狂三猶豫了一下後搖搖頭。

「最好別用了。剛才也是岌岌可危，下一次未必能來得及阻止破壞。還是用其他方法尋找凶手吧。」

「順便問一下，妳剛才看見了什麼？」

「難以名狀的東西。比起外形，動作才是問題。要是讓妳看了，會從嘴巴吐出全身的液體而死喔。」

「好討厭的死法喔……」

「——那麼，接下來該怎麼辦？」

「當然是找人問話嘍。包含妳跟我在內，去找所有人問話吧。只是——」

狂三嘆了一口氣，望著空無一物的房間呢喃：

「如果這個凶手是『理論上能打倒的東西就好了』，但是希望渺茫。」

——所有人詢問完畢。

響注視著寫下的所有人的證詞，搔了搔頭。

「嗯～～……不管是誰，都必須使用無銘天使才有辦法行凶吧。」

「就是說呀。」

狂三在響的身後偷看她的筆記，也同意響的說法。照理說，準精靈死亡到消失的時間非常短，最短是死亡後立刻消失；最長也不過十分鐘。能確定由梨還活著的時間是昨晚七小時前。

而問題在於監視器的畫面。

「根本沒人在七小時前進入由梨的房間。最後進入房間的是我和狂三——」

「所以是有人在十分鐘前用無銘天使殺了她，偷偷離開……」

「就推論來說是很合理的，應該也有辦法做到。不過——」

「是的、是的，真是想不通。這所有事情都令人猜不透，為什麼必須在這種狀況下殺人？就算要讓我們起內訌，風險未免太高了。」

「雖然我們的確快打起來了沒錯，但也有很高的機率不會演變成互相廝殺的結果。」

只是談論到最後差點打起來而已，根據情況不同，也可能不會演變成廝殺，而是走向打倒白女王的結果。

「真夜小姐，我問妳，當時妳有感受到意圖將風向導向廝殺的感覺嗎？」

真夜立刻否定狂三的提問。

「沒有。妳們看看這個。」

真夜將發現由梨被殺害時的對話顯示在半空中，讓狂三和響看見。

「妳、阿莉安德妮、我、央珂，幾乎所有人都是以理性和情緒在說話，不自然的誘導只有最後緋衣響說的話。不過，那是為了讓我們的情緒鎮靜下來，因此可以排除在外。」

記錄成文字後，狂三也能理解。言語的交流和言語的誘導是不同的。談話是順勢而為，有意為之的對話在情緒和表情上一定會有不自然的地方。

狂三當時慎重地看著所有人的表情。沒有刻意為之的地方，只有自然而然順勢聊下去。

「……唔嗯，的確是如此……」

「這樣一來，果然是無銘天使的能力吧～真夜小姐的能力中有能做到這種事的招式嗎？」

「有的話也不會告訴——呃，糟糕。這樣會妨礙查案，不能不說……我的書共有十本，數字對應成為各領域基礎的靈屬。」

「第九本書就是使用聲音的能力，這樣嗎？」

真夜像飲水鳥一樣點了頭。

「嗯，就是這樣。我能均衡地全面使用所有領域所有準精靈的技能。」

「也就是說，是什麼都會點皮毛的萬事通嘍？」

「…………能均衡地使用…………」

「喂！狂三，真夜小姐都灰心喪氣了啦！不可以把真心話拿到檯面上來說！」

「響，妳這句話可是一刀斃命喲。」

真夜嘟噥了好一陣子：「我是全能的……」

◇

「那麼，央珂小姐，妳的無銘天使有什麼樣的能力呢？」

「不，我不說。我拒絕回答，我要行使緘默權！」

宮藤央珂擺出一副威嚇的模樣，如此宣言。但狂三認為這樣的威嚇有點可愛。

「哎，我想也是啦～～」

響聳了聳肩說道。

「那麼，我換個方式問。妳的能力有辦法神不知鬼不覺地殺死佐賀繰由梨嗎？」

「這個嘛——」

打算回答的央珂欲言又止。看她那尷尬的表情，狂三一眼便識破了。

「有辦法，對吧。」

「……看是用什麼方法。不過，如果是我幹的……我想屍體應該會變成其他東西……」

「其他東西？」

面對狂三的提問，央珂連忙解釋：

「簡單來說，就是……死狀會變得很詭異。」

「嗯。有辦法殺人於無形之間，但屍體的形狀會改變是嗎？謝謝妳的配合，宮藤小姐。」

「妳相信我說的話嗎？」

「當然。」

狂三看穿了宮藤央珂大概是不擅長說謊的那種人。雖說無法斷定，但把她視為凶手或許有些牽強。

◇

「阿莉安德妮小姐，妳——」

「嗯～～……也不是辦不到喲～～」

狂三正要發問，阿莉安德妮便先發制人。她可說是嫌疑最大的一個。

「……辦得到嗎？」

「如果只是殺死。我隔著牆壁也能操控體溫啊～～」

「唔嗯。據說一般超過五十度，人就會死。準精靈也跟人類一樣吧。若是身穿靈裝倒另當別論，但我不認為會超過人類的極限。」

即使有可以耐熱數千度的靈裝，沒穿上去的話，體溫到達五十度時就會死亡吧。

「沒錯沒錯。大概四十三度左右就會幾乎意識不清了，所以是殺得死的～～」

「所以說，妳是殺人凶手嘍？」

「嗯～～……狂三妳認為呢？」

「能不能跟要不要殺人是兩碼子事，況且還有一個問題。再怎麼樣，受到攻擊都不可能不反抗吧。既然都是支配者，應該能掌握對方的能力吧？」

「是啊～～就算我想用我的能力殺死由梨，她也會反抗吧～～由梨的靈裝耐久性還滿強的，大概要花五秒（如果有穿上），五秒就能採取對策吧～～」

阿莉安德妮表示：一秒發現攻擊，兩秒確定是誰攻擊，三秒思考對策，剩下兩秒就能從容不迫地反擊。

「畢竟隔著牆壁，操控應該不會太精準。是有辦法殺人，但感覺成功率不高吧～～」

「跟央珂小姐差不多呢。能殺是能殺，但會產生某種瑕疵。順帶一提，我是辦不到的。『就算能用影子開個洞，也不能穿牆』。」

狂三面不改色地說謊。實際上，只要使用影子就能穿牆。不過，狂三可沒笨到在這種狀況下承認自己有可能殺害由梨。響看起來想說些什麼，但狂三一個眨眼就堵住了她的嘴。

「大家一樣可疑，一樣都有辦法殺人，一樣『在某個階段無法成立』啊～～啊，我例外就是了。」

「如果也用〈王位篡奪〉奪走能力就不知道嘍。」

「狂三妳真是壞心耶。我剛才不也說過了嗎？完全奪走能力的我已經不是我，而是『被奪走的那一方』。」

「不能恢復原狀嗎～～？」

「我不認為奇蹟會發生第二次耶～～」

過去曾在第十領域發生過這樣的奇蹟。不過，那是經過兩人的同意。一人放棄堅持，返還奪走之物；一人點燃希望，接受歸還之物。

結果還是需要互相理解。

沒有互相理解，緋衣響只是個軟弱無力的準精靈。

「妳才不軟弱呢，反而可說是很堅強。就好比——」

「妳想說大猩猩嗎！」

「……紅毛猩猩。」

「妳剛才想說大猩猩，被我先發制人，所以才隨便蒙混過去吧！」

「不～不～才沒有呢～」

阿莉安德妮興味盎然地注視著自暴自棄地回答的狂三跟情緒激動的響。大概是感受到她那溫暖的視線，狂三清了一下喉嚨。

「總之，感謝妳的配合，阿莉安德妮小姐。這下子就剩三個人了。」

「三個人？一個是佐賀繰唯吧？那剩下的兩人是誰？」

「量產型佐賀繰唯跟──由離。這兩人當然也很重要吧。」

特製型佐賀繰唯驚訝得眼睛直眨巴。

──佐賀繰唯是佐賀繰由梨製作出來的機關人偶。

而令人吃驚的是，特製型的她竟然擁有感情。不僅如此，甚至百無禁忌，沒有被輸入不得違抗準精靈、必須聽從主人的命令這類的規則。

「隨心所欲生活吧，這樣就好。」

這是她最初睜眼時，由梨對她說的話。

可是要機關人偶隨心所欲地生活下去，根本不合常理。因此，通常她會詢問其他特製型的佐賀繰唯。

於是對方會回答自己這些佐賀繰唯的職責是什麼。

唯這才理解自己這些佐賀繰唯對第七領域而言是重要的財產，同時也是武器。

而為了讓第七領域存活下去，應該肩負起收集情報的任務。

不會厭惡，不會疲勞，也不會精疲力盡。

唯獨死亡之時，頂多會感到有點恐懼。而那份恐懼也會藉由「同步」逐漸淡化。

由梨說她最喜歡唯。

說她對量產型和特製型都一樣喜愛。

周圍的準精靈認為她是頭腦有點（根本瘋了）奇怪的妹控，但唯並不這麼認為。

何止有點奇怪，根本是無可救藥。

假如只製作一人倒還可以理解。不捨妹妹離去，以機關分毫不差地讓妹妹復活。

這樣的話，即使在道德上有瑕疵，邏輯上也是正確的。只是因為悲傷，所以用來撫慰心靈。

然而，她卻將佐賀繰唯「量產」了。

分成特製型和量產型，讓她們背負職責。然後，「消耗」她們。這——怎麼想都不合邏輯。

明明失去了妹妹，卻又讓代替妹妹的存在不斷地死去。

也製作了幾十具特製型，而大多數的特製型也在執行任務時死亡。有的在執行任務時被白女王的手下殺死；有的在第十領域參與廝殺，反而被擊敗。

至於量產型，則是死亡或損毀於大大小小的麻煩。有的擔任仲裁為準精靈排解紛爭，結果受到牽連；也有的單純因為意外死亡。

死、死、死——妹妹佐賀繰唯一而再、再而三地死去。

所以佐賀繰唯覺得很奇怪。可是，似乎只有自己一個人這麼想，其他佐賀繰唯或多或少都認為「姊姊就是這樣的生物」。

——我是有哪裡與眾不同嗎？

就連看見那具屍體時，雖然受到了衝擊，卻不感到悲傷。是因為自己是機關人偶嗎？

好想哭。

本以為自己哭得出來，結果卻欲哭無淚，證詞也說得很順暢。儘管認為必須抓到凶手，但那也只是出於義務感。

——我是個姊姊死掉也毫不悲傷的卑劣存在。

佐賀繰唯隱約這麼想。就連量產型的佐賀繰唯也隱含著悲傷的情緒，自己卻怎麼樣也悲傷不起來。

反而感到有些安心。

◇

「BISHOP覺得事情不妙」。

自己的確曾經計劃要引起不和或暗殺。

不過既然時崎狂三在場，自己便想集中精神調查她。想知道她的弱點，想知道她有多強大。

……基於白女王時隔許久的「交替」，他們的戰略改變了方針。不再積極推進侵略，而是將滲透作為理念。

她原本是為了商討白女王的事才來到第七領域。

因為時崎狂三一定會來到第七領域。

不出所料，她來到了這間賭場……不過，她的防備心果然很重。

隨時讓另一人（岩薔薇）潛藏在影子中的她預測所有奇襲。

況且也無法把自己的軍隊帶到這個第七領域。

所以，這次的接觸終究得往穩健的方向進行。

然而——

「究竟發生了什麼事……？」

「有人殺了佐賀繰由梨」。

導致支配者與時崎狂三對立，結果陷入她擔任偵探一角調查所有人的狀況。

雖然自己不是凶手，卻是女王的手下。

若是被調查，可能會暴露身分，被識破偽裝。

看穿自己是白女王的使者，不可一世的三騎之一——BISHOP。

連那個白女王都無法致時崎狂三於死地。

自己現在單槍匹馬，而且在其他支配者確定會參戰的情況下——

實在無法戰勝她。

話雖如此，總不能夾著尾巴逃跑吧。這樣不僅會被誤認為是殺死佐賀繰由梨的凶手，也可能在過程中暴露自己是BISHOP的身分。

如今白女王的軍隊神出鬼沒。支配者們處於防守的狀態，甚至連第五領域的一半領域都遭到白女王軍隊統治。

那全多虧了「自己帶來的情報」，並且到處製造出入口的關係。

自己並不怕死。

若是怕死，根本不會成為白女王的部下。

ROOK和KNIGHT也一樣。

死亡並不可怕，能代替自己的人多得是。

不過——使者三騎十分清楚，在多如繁星的代替品中，也有人完全派不上用場。

想要有所貢獻，卻無能為力。

奮力一戰，然而只是戰敗。連一箭之仇都沒有報，只是白白送死。

……這才令人害怕。

立下汗馬功勞的棋子，白女王會銘記在心。但是，白女王壓根兒就不記得一點貢獻都沒有——無能為力的棋子。這也難怪，一點作為都沒有的人是要教人如何記住？

好想貢獻一己之力。

必須立下功勞。

但是——到底該怎麼做——

啊啊，頭腦一片混亂，無法彙整思緒。試圖回想作為BISHOP侍奉女王的喜悅，記憶卻模糊不清。該如何是好，該如何是好……

『——妳是「女王的手下吧」。』

天花板傳來一道聲音。

「……！」

BISHOP舉起武器——瞪視天花板。

『冷靜一點，女王的手下。「我並非敵人」。』

——這傢伙剛才說了什麼？

『如果真的與妳為敵，我早已通知時崎狂三。不過，她還在查案。妳若是懷疑，不妨走到外頭看看如何？』

不是敵人嗎？

BISHOP思緒混亂。當然，白女王有時會不通知自己這些手下，背地裡行事。不過——

『我以ＡＩ的形式繼承了佐賀繰由梨的遺志。因此，我認為跟妳聯手是最好的選擇。』

佐賀繰由梨的遺志？BISHOP皺起眉頭，心存疑慮。

『所以，需要做一件事。我希望妳將時崎狂三——』

抹殺。她如此告知。

BISHOP全身僵硬。她在說什麼？要我在這種情況下殺害時崎狂三？

『當然，我也會協助妳。我擔任這間宅邸的控制系統，所以來擬定計畫吧。我和妳，從現在起就是共犯了。』

這番話具有說服力。當然，肯定有內幕。即使如此，能對時崎狂三發動奇襲，確實是難以抗拒的誘惑。

重點是，BISHOP別無選擇。

自己已受到威脅。只要她告發自己，時崎狂三或其他支配者肯定會展開調查吧。然後，不管自己是不是凶手，都會暴露BISHOP的身分，一切都完蛋了。自己將會變成廢物，不會留在女王的記憶中……！

『考慮得如何？不管妳是接受還是拒絕，我都無所謂。兩者皆可……』

我接受。

BISHOP雖然深感屈辱，還是如此宣言。

◇

佐賀繰由梨被殺了。事實十分單純，各方面卻錯綜複雜。她是支配者；她的宅邸受到嚴密的監視；有其他數名支配者在。重點是——

「我在這裡，對吧。」

「……我們的存在也是複雜化的因素之一嗎？」

「是的、是的。另外——」

狂三突然閉口不語，握住響的手臂後，不管三七二十一就跳進影子中。
「唔呀！」
狂三不理會發出慘叫的響，優雅地降落在影子底部。
「還有一個因素。那個叫由離的AI有問題。」
「……妳是為了躲避那個AI才進入影子中嗎？」
「沒錯。既然能從天花板聽見她的聲音，就代表她的聲音能傳到這間宅邸的任何地方吧？考慮到監視器的數量，照理說可以推斷房間應該有被偷拍竊聽。」
「可是，躲進影子裡的話會被懷疑吧……」
「總比毫無防備被聽見談話來得好。話說，這件事本來就很奇怪。」
「妳的意思是，她們三人都很可疑嗎？」
「論可疑，我們也不相上下。我不是指這個，說起來，AI為什麼不指出凶手？」
「那是因為──」
她是在由梨死後才啟動的。
「不覺得死後啟動這件事本身就很奇怪嗎？那個AI是為了什麼而存在的？」
「咦，妳問我，我問誰啊！」
「……那三名支配者確實很可疑。不過，最可疑的無庸置疑是佐賀繰由梨，我甚至連她的死都覺得很可疑。」

「假死……？」

響在心中表示認同。那是最應該懷疑的一件事。

「由梨小姐為了某種目的假裝自殺，而且設局讓我們成為目擊者……妳不覺得在這個鄰界，早上去打聲招呼就發現屍體這種事太巧了嗎？」

「或許是吧。所以那並非『偶然』，而是故意為之嘍？」

「我是這麼認為的。」

聽了狂三說的話，響再次仔細思考當時的狀況……佐賀繰由梨應該料想得到狂三和響會在離開第七領域前去和她道別，不過，怎麼可能抓得準兩人「何時去道別」？

有可能吃過早餐（在第七領域算晚餐就是了）才去道別；也有可能不去找她，而是在走廊等她出房門。

然而她卻在狂三、響和唯能夠證明她死亡的時間點死去。

時間未免掐得太精準了。

「……如此一來，由梨小姐是假裝自殺，化為由離嘍？」

「只是，這樣也有其疑慮存在。為什麼要讓我們擔任偵探的角色？」

「說的也是～～故意把我們困在宅邸解開殺人之謎，這種行為實在太矛盾了。」

是堅信狂三與響查不出真相嗎？

不，若是這樣，一開始別強迫她們當偵探不就得了。

「……咦？我想得頭腦都打結了也想不出個名堂來。怎麼辦，狂三？」

把什麼當作「真相」的瞬間，就會產生「事實」來對抗這個「真相」。

如果某人是凶手，就會產生越過房間牆壁的事實。

如果某人不是凶手，就會產生讓狂三和響擔任偵探的事實。

「我們該做的只有一件事，那就是澈底挖掘『事實』。為此──」

狂三瞥了響一眼。

響握緊拳頭表現出幹勁……但這次她實在派不上用場。

她既然是助手，總不能讓凶手逍遙法外。如此一來，只能找另一個人了，雖然她的立場無限偏向由離那一方……

「就看該不該相信她了……好，去找她談談吧。」

◇

坐在桌子另一端與之相對，佐賀繰唯覺得肌膚有股火辣辣灼燒的感覺。對方對她懷有戒心

——或是敵意嗎？

「……那個……呃……」

唯語無倫次，視線游移。

「不好意思這麼突然，小唯小姐，可以配合我調查嗎？」

「好的，當然可以。」

「妳是機關人偶吧？」

「……是的，沒錯。」

「我有點不了解，是跟普通的準精靈不一樣嗎？」

「不一樣。血是模擬血液，也沒有痛覺。重點是，我們能與量產型和特製型同步感應。」

「同步感應？」

「共享我的同型機所得到的經驗和記憶。」

「啊啊，原來如此。所以才感情豐富吧。」

「……是的。」

自己真的感情豐富嗎？這一點連唯自己也不了解。雖然有點白目，但唯很想反問時崎狂三：

「我真的感情豐富嗎？」

「我姑且問一下，妳有沒有殺害妳姊姊由梨小姐的方法和動機？」

「沒有。我的無銘天使〈七寶行者〉的能力是暫時封印對象的五感，不可能在一瞬間殺死由梨大人。」

「量產型的唯也擁有同樣的能力嗎？」

「沒有。她們的武器不像我的無銘天使有這樣的能力。」

「她們……對妳來說，自己和量產型唯不同嗎？」

唯感覺時間彷彿停止了。

這個問題對唯而言，是她始終背負的重擔。

「我……」

「不用、不用，不想回答的話不回答也沒關係。妳在『苦惱』有關她們的事。我只要理解這一點就夠了。」

「這究竟是──？」

狂三不理會唯的提問，筆直地盯著她的眼睛──互相凝視。

時鐘眼瞳似乎正發出滴答滴答的聲音──唯如此心想。

「那麼，最後我再問一個問題。妳想知道真相嗎？」

「……是的，不管真相有多麼殘酷。」

嘻嘻。狂三笑了笑，彈了一個響指。

「？」

唯突然感受到有人抓住腳踝的觸感，還來不及失聲尖叫或舉起武器就被拖進了影子之中。

「何方歹徒！」

「等一下、等一下！小唯小姐，是我啦，緋衣響！」

唯舉起苦無後，響便高舉雙手大喊。

「響小姐……？」

「哎呀～～真是不好意思呀，嚇到妳了。平常都是我吃這種虧，所以偶爾也想嚐嚐拉人進影子裡的滋味，就忍不住做了。」

「一句忍不住就可以嚇可愛的女孩子嗎？順帶一提，響不是可愛的女孩，所以沒關係。」

「嘴巴真毒～～！……所以，小唯小姐沒問題嗎？」

「我想拜託妳一件事。」

「有事拜託我……？」

「其實——」

狂三靠近現在仍一臉困惑的唯，悄聲對她咬耳朵。唯聽見她拜託的事後，瞪大了雙眼。

「這不是——」

這不是背叛姊姊的行為嗎？

「妳這麼認為嗎？」

「……是的。」

儘管猶豫，唯還是如此告知。不論自己信不信任，由梨都出色地擔任了第七領域的支配者，自己怎麼可能背叛她。

不過，狂三至今的調查也具有說服力。其他支配者是兇手的這個論點，確實有種哪裡不對勁的感覺，而且總覺得由離在隱瞞些什麼。

「不是背叛。既然想相信她，就必須查明真相。」

這句話讓唯下定決心。

佐賀繰唯想相信佐賀繰由梨，想相信由離。所以，這不是背叛。沒錯，她自己釐清了頭緒。

「——我了解了。我去迎接『那兩人』。」

唯消失蹤影後，響詢問狂三：

「小唯小姐沒問題吧。」

「她雖是機關人偶，感情卻頗為豐富，所以我本來以為她應該不會認同現在的狀況……不過，沒問題。超乎我的預料。」

「怎麼說？」

「名為時崎狂三的『我』有一個目的。為了達到目的，我們不畏死亡。可是，她們——也就是量產型唯甚至沒有目的意識……有一堆和自己長相一模一樣的機器人，如果是妳，會有什麼樣的感受？」

「唔～～……這個嘛……老實說，可能會覺得有點噁心。」

有分身還好，像岩薔薇那樣雖然外表與狂三一模一樣，卻擁有不同的思想與人格，這樣倒完全無所謂。和另一個自己談論一整晚狂三的魅力也好。不過，如果分身是大量生產的機器人，那就另當別論了。

響覺得那樣——很恐怖。

「量產型唯很不受重視呢。我不明白她為什麼能對仿造妹妹模樣的機關人偶做出那種事。而且剛才交談時，我才知道原來特製型的佐賀繰唯也有相同的疑問。」

「啊～～原來如此。所以妳才認為沒問題吧。」

「當然這是個賭注。不過很像第七領域的風格，我就不計較了。」

狂三呵呵輕笑。

響傻眼地嘆了一口氣，接著微微打起寒顫。

自從造訪這棟宅邸後就總是如此。

○最後宅邸崩塌

機會。等待機會。

由離如此提議，於是BISHOP在等待機會。時崎狂三很少露出破綻。只是很少，並非完全沒有破綻。

勢必會有無意識產生的空白，氣定神閒導致疏忽大意的情形發生。

之後就一招斃命。

使用自己的無銘天使〈冰碧突劍（Cold Cruel）〉全力一擊，致狂三於死地。

——不過，機會竟然何時才會到來。

由離保持沉默。BISHOP走到狂三的後頭，按捺自己焦躁的情緒。

「狂三～～接下來該怎麼辦？」

面對緋衣響的提問，狂三聳了聳肩呢喃：

「……這個嘛，既然對方很可能是白女王的手下，感覺最好積極主動出擊，勝過等待……」

狂三跟響在交談，沒有注意自己。她知道響的能力，也知道狂三大部分的能力。沒問題的。

她在心中吐出安心的氣息。

兩人的對話還在繼續。

「順便問一下，在這個鄰界發生殺人事件時，通常會基於什麼樣的原委展開調查？」

「嗯～～第十領域不會調查，第九領域或第八領域的話會由緋王院小姐的私兵調查吧……」

「……重新詢問後，才發現真虧這個鄰界能維持秩序呢。」

「難說喔。依我這個從第十領域旅行到第六領域的過來人來說，其實還滿岌岌可危的喔，感覺經常像是在走鋼索的狀態。」

整個人飄飄然的，像在睡夢中一樣，頭腦意外地冷靜。

噢，好想殺啊。盡可能迅速、殘酷、淒慘地殺了她。只要能殺了她，自己肯定別無所求了。

就算之後被殺也無所謂。

狂三回過頭——與BISHOP四目相交。沒有察覺的樣子。雖然露出邪魅的笑容，但沒有敵意。BISHOP沒有擺出防衛的姿勢，以自然的態度面對狂三的視線。

「妳不這麼認為嗎，『宮藤小姐』？」

宮藤央珂（BISHOP）優雅地點點頭。

「當然。應該一鼓作氣定出勝負吧。」

「響，妳跟小唯小姐和阿莉安德妮小姐一起行動。我跟宮藤小姐一起行動。」

「咦～～我們分開行動嗎？我單獨一個人的話，會被阿莉安德妮小姐瞬間殺死吧！」

「別擔心，我會幫妳報仇的。」

緋衣響表現出明顯不願的態度。看來狂三她們似乎把阿莉安德妮視為頭號嫌疑犯，「打算用緋衣響當作誘餌吧」。

「事情就是這樣。可以嗎，宮藤小姐？」

央珂沒有發現致命性的怪異之處，面帶笑容點頭同意。

「是，當然可以。」

◇

——BISHOP判斷此時便是最好的時機。

與時崎狂三兩人獨處，而且她還完全放鬆警惕。毫無防備地背對自己走著就是最好的證據。

『時崎狂三，我是由離。我試圖分析整棟宅邸時，偵測到可疑的靈魂結晶碎片反應，懷疑有侵入者。』

由離應該也認為最佳時機已到來了，企圖將狂三引誘到無人的房間。一切按照計畫進行。將狂三從響和支配者身旁引開，讓她移動到能夠展開奇襲的場所。

一踏進房間的同時，由離便會將房門轉換成牆壁。

靈魂結晶碎片是由離事先準備好的假貨。當她接近靈魂結晶碎片查看時，陷阱便會發動。

刺眼的閃光會令她暫時失去視覺，算準她腦袋一片空白，無法思考時——劈頭一擊，致她於死地。

「是這間房吧？這裡是……倉庫嗎？」

『是的。好像藏在倉庫的雜物堆裡。似乎擅長偽裝，難以發現。』

「我們最好小心一點，宮藤小姐。」

「好的。我會守住妳背後，不讓人有機可乘。」

「哎呀，真是可靠啊，那就麻煩妳嘍。」

狂三打開房門。沒有持槍，威風凜凜地向前進。狂三疏忽大意的態度令央珂暗自竊喜。

她顯現出無銘天使。狂三當然相信央珂會守住她的背後——所以毫不在意無銘天使的氣息。

狂三背對著央珂，靠近靈魂碎片結晶。

「……對了——」

狂三停下腳步，回過頭。顯現無銘天使的央珂僵在原地，但狂三臉上看不出任何殺意。

「我問過這個問題了，妳們支配者見過白女王對吧？」

「是、是的……是見過……」

領域會議時，她向在場所有人公開宣戰。若問她為何要這麼做，當然是為了BISHOP。

為了顯示她穩如泰山的地位，同時洗清她的嫌疑。

為了讓現狀的滲透戰略固若磐石，還必須讓宮藤央珂堅守住支配者的崗位。

不過——

好機會。千載難逢的絕佳機會。只要消滅白女王獨一無二的仇敵時崎狂三——

自己的存在就能永遠留在白女王的記憶中了吧。

BISHOP敗給了能得到女王寵愛的這個誘惑。

「聽說妳沒有屈服於她的壓力，魄力十足地把她嗆走了。」

「哪、哪有那麼誇張，我根本沒做什麼大不了的事。」

有點煩躁。

「那是在演戲」。白女王怎麼可能會畏懼像自己這種準精靈的壓力？只是作秀，只是娛樂，

只是——

甩開腦海的思緒。

「宮藤小姐，妳怎麼了？」

狂三以目瞪口呆的表情看著央珂。一股惡寒竄過央珂的背脊。

她看出什麼端倪了嗎？

「自己露餡了嗎」？

那麼，在這裡奇襲是否不妥？

不……不對。如果她看穿了自己的身分，根本就不會陷入這種狀況。

她毫無防備，甚至沒有持武器。

也就是說，自己只是被懷疑而已吧？……那麼，果然還是不能錯過這個好機會。

『宮藤央珂，妳怎麼了？』

由離的聲音——令央珂恢復了冷靜。

「不，沒事。因為妳和白女王長得一模一樣，我有點嚇到罷了。」

狂三說那是稱為反轉體的現象。央珂心想：胡說八道。

那是代表白女王就是時崎狂三「冒牌貨」的證據。

是BISHOP身為三騎軍隊絕對不想承認的事實。

然而——

時崎狂三悲傷地皺起眉頭，吐出難以置信的惡言。

「是的、是的。真的非常抱歉，是我們失策，竟然留下那種『冒牌貨』。感覺就像把剩飯擺在餐桌上一樣，實在是太難看、太丟臉了，對吧？」

一時之間，腦袋拒絕理解狂三說的話，但央珂立刻聽懂了言下之意，同時湧起一股令全身沸騰的怒氣。

「妳——」

狂三背對央珂。

「好了，別提白女王了，必須快點調查才行。先解謎吧。」

「……………………說的也是呢。」

啊啊，沒錯。說得真對。

不能原諒，怎麼能原諒，絕對無法認同。

否定、拒絕妳的一切。為此，自己一定要立刻在這裡殺了妳。

「妳說的沒錯——」

竭盡全力行使無銘天使。舉起的細劍——〈冰碧突劍〉是BISHOP的鬼牌，能對斬殺的目標施加肉體及精神上的重力。

砍中的瞬間，發動五百G的重力壓爛她的全身。

雖然痛苦瞬間便結束這一點令人氣憤難耐，但一想到能讓白女王龍心大悅，煩躁的心情也消失得無影無蹤。

沒錯。

馬上在這裡受死————————受死吧！

就在央珂將細劍高舉過頭的瞬間，照理說一秒後，時崎狂三便會死得很淒慘才對。

「啊啊，真是幸運啊，一開始就中大獎(Jackpot)了。一定是因為我平常人品很好。」

少女背對著襲擊者，沒有回頭。

央珂回過神後，突然發現狂三腋下隱約可見的槍口。

「什麼……」

而宮藤央珂——BISHOP由衷體認到——

——真是可怕的傢伙，明明背對著自己。

「【二之彈(Bet)】。」

時崎狂三是與白女王對立的人。

但那不代表她與白女王相反，宛如天使般甜美溫柔——

反而可說是比惡魔邪惡，毒辣得超凡絕倫。

「唔，唔……！」

「本來應該用【七之彈(Zayin)】讓時間停止，不管三七二十一就殺了妳。啊啊，不過——」

狂三淡淡微笑，輕輕撫摸高舉細劍的宮藤央珂的臉頰。

時間緩緩慢慢，宛如水母輕飄飄地流逝。

就像被絲棉勒緊脖子般的恐懼。

「我決定『不論有任何原由』，都絕不饒恕白女王的同伴。」

狂三如此說道，毫不留情地射穿央珂的右膝。

「啊，唔……！」

狂三俐落地退到一旁。央珂淒慘地跌倒在地，打算站起來的瞬間，腦袋被槍口抵住。

「……『謝謝妳，由離小姐』。時機抓得剛剛好。」

「什麼……」

央珂遲緩地仰望上空。

「妳背叛……背叛我……？」

『不，不是的。我被設定為以佐賀繰由梨的ＡＩ身分傾盡全力解決事件，並且根據時崎狂三的要求，分別對三名嫌疑犯「指出她就是女王的手下，並與她站在同一陣線」。結果，答應提議的只有妳，宮藤央珂。』

「……竟然……這麼簡單……」

央珂丟臉得恨不得找個地洞鑽進去。既然所有人都是頭號嫌疑犯，那就去套所有人的話就好。當自己認為ＡＩ「可能會知道些什麼人類不知道的事情」而反射性地坦白時，就已經確定是

死路一條。

「妳似乎不擅長奇襲呢。別想那麼多，直接殺過來，我反而會陷入危機啊。所以，呃……

『妳是哪位』？」

「……」

央珂沉默不語。她沒有義務回答狂三，不如伺機尋找乾坤一擲的好機會。有沒有辦法製造出什麼破綻，為白女王盡一份心力？

「哎，妳不回答也沒關係，反正妳只是個跑腿的，在快要化為空無時被女王種下愛慕種子的『可憐配角』。著實令人同情，對妳實在是氣不起來。」

「玩什麼……玩笑……！我……我可是女王引以為傲的三騎之一BISHOP……給我記清楚我叫什麼名字……！」

「叩咚」一聲，狂三坐在椅子上蹺起腿，眼神輕蔑地凝視著她，冷淡地說：

「誰理妳啊。妳是我的敵人，是我敵人的手下，因為妳很強，所以我設陷阱擊垮妳。只要記得這些事就夠了。反正妳也沒什麼本領……不過真虧妳能隱藏本性，擔任支配者到現在呢。」

狂三一副傻眼的樣子嘆了一口氣。

不過，她的姿態從各方面來看都破綻百出。她的子彈能力已經快要失效。還剩五秒，只要有破綻，就能用自己的無銘天使砍向從容不迫的她……！

四秒、三秒、兩秒、一秒——

「我……」

央珂沒有說下去，揮下無銘天使。微微動了一下眉毛的狂三像是早已預料到，輕而易舉地躲開那一擊。

不過——

央珂的〈冰碧突劍〉輕輕掠過了狂三的靴子。

——中了！

「……！」

「變換·加重！」

毫不留情地將重力設定為五百G。她的腿將被壓得如紙張一樣平坦吧。緊接著再將細劍刺進她的身體，就嗚呼哀哉了。

央珂之所以能在支配者中壓倒群雄，除了領袖魅力外，正是因為有這把能在個人戰鬥中發揮無比威力的無銘天使〈冰碧突劍〉。

操縱斬殺對方的重力，壓垮對手。

不過——

「——咦？」

然而──

「一擊必勝的武器，沒有擊中對方便是枉然」。

「哎呀、哎呀，宮藤小姐，妳怎麼啦？該不會作夢夢到妳的無銘天使直接擊中我了吧？」

「這個能力是……！」

宮藤央珂回過頭，一臉愕然。阿莉安德妮難得露出失望的表情凝視著央珂。

不只她，連雪城真夜和緋衣響也在場。平常面無表情的真夜一臉悲傷地皺著眉頭，令央珂印象十分深刻。

「──是阿莉安德妮搞的鬼吧。」

「……沒錯～～」

阿莉安德妮難過地將指尖指向央珂。

「我呀～～其實不只能操控感情～～還能操控五感～～」

「是密技嗎？」

阿莉安德妮點點頭。她的能力甚至能讓視覺產生誤認。

「因為會讓人不信任我，我其實不想用這招的～～」

我想也是──央珂如此心想。要是與外界接觸的必要器官全都受人操控，現實與夢境早已模糊不清，無法區別。

甚至連位於眼前的人是誰都無法斷言。

誰敢相信能做到這種事的準精靈？

「可是，感覺不能讓狂三死掉——何況，先騙人的是妳，央珂，不對……BISHOP。」

央珂這才理解。

自己採取行動，用〈冰碧突劍〉攻擊一事是現實——

但視覺誤判了攻擊的距離。

「……真是丟臉啊……」

「是的、是的，丟臉極了。不過，妳不是現在才開始丟臉的。當妳身為支配者卻與白女王為伍時，就已經是自甘墮落了。」

「呵，呵呵，呵呵呵呵呵！奇怪的是妳們好嗎！這個鄰界瘋狂、扭曲、不祥得無可救藥。我倒想問問妳們。」

央珂露出淒絕的笑容，做好死亡的覺悟詢問：

「『這個鄰界是錯誤的，不該存在』。我們全都不該存活於這個世界——並非憑一己之力就能改變。」

「……妳這話是什麼意思……？」

面對響的提問，BISHOP嗤笑。

「因為，我們——『早就死了』。在現實世界死亡，才存在於這個鄰界。我們有的只是魂魄，只能在這個牢獄永遠存活下去。這已經等於生活在地獄裡了吧？」

「……！」

「沒錯。我們只是爬行於永遠的可憐蟲。人生再愚蠢，也該有個限度。既然如此，還不如幫助那位，幫助她實現戀情——」

這樣的生活方式要精彩多了。

她如此斷言，所有人沉默不語。包含時崎狂三在內，這個問題就像沉澱物一樣，微微堆積在她們的思緒深處。

這個鄰界究竟是什麼？

這個世界真的是現實嗎？

自己這些人早已死去，只是在這裡繼續作夢罷了。

沒有未來，也沒有過去。

有的只是橫躺在眼前的冷酷現實——

「不，妳錯了。」

此時響起一道勇於對抗的聲音。

「無論如何，我們都存活於這個世界。雖然已在另一個世界死亡，但我不認為在這裡也必須死去。」

緋衣響十分肯定地說，令所有人清醒過來。

「……況且，大家都曾思考過一兩次妳說的事情。因為這種如夢似幻的世界怎麼可能存在。越是了解現實世界，這種想法就越是深刻。」

阿莉安德妮和真夜聞言，沉默不語。

連身為支配者的她們也畏懼的事情。這個世界是不確實的這個事實。

「所以，我覺得再怎麼想也無濟於事。有人對我說，既然是夢幻的世界，那就活得夢幻一點也無妨。」

——狂三靜靜吐了一口氣。

那並不是狂三對她說的。狂三把這個世界理解成是不同於現實的地方，「同時十分確定自己還活著」。正因如此，才會想前往另一個世界。

所以，那個想法恐怕是緋衣響過去由衷所愛之人告訴她的吧。

我記得名字叫作——

「是陽柳夕映小姐吧？」

狂三如此低喃後，響的表情瞬間亮了起來。

「啊，真虧妳還記得呢～～！是的，就是她說的。多虧她的這句話，我今天也精神奕奕地活著！」

哦，是喔、是喔，那真是太好了。感覺心裡不是滋味，不過現場的氣氛變了。

從凝重轉為輕鬆。

當然，如果BISHOP——宮藤央珂精神一振，有可能乘機反攻。

不過她因為自己的言論受到精彩的反駁，精神有些恍惚。

面對前空無緋衣響所說的話——她完全無法辯解。

「宮藤央珂。」

雪城真夜快步走近央珂，冷淡地凝視著叛徒宮藤央珂，謹慎地顯現出自己的無銘天使。

「妳是從什麼時候效忠那邊的？」

「……」

「是成為支配者時就已經效忠了嗎？還是在半途替換了真正的宮藤央珂？是怎樣呢？」

她的背後顯現出巨大的書櫃。

「開封——第五書．〈火屋殺人事件（Firehouse Mystery）〉。」

真夜翻開細長偏薄的新書尺寸，書店裡經常擺放的推理小說，書頁立刻出現箱型火焰。

「……我姑且說一下，這火焰不僅會灼燒妳，還會燃燒周圍的氧氣，讓妳窒息而死。因為是火焰，就算用妳的重力壓扁，結果也不會改變。」

「不過，就算妳想用重力壓扁……我也會用我的無銘天使顛倒上下的概念就是了。」

阿莉安德妮叮囑道。狂三聳了聳肩，決定後退一步旁觀，讓支配者們自行解決。

她「還有其他必須思考的事情」。

「……」

「妳不回答，我就直接收拾妳了。」

聽見真夜說的話，央珂嘻嘻嗤笑。

「反正我最後都得從這個世界消失。」

「那麼——」

「不過，也罷。無妨。沒辦法，我就坦白吧。沒錯，我宮藤央珂就是BISHOP，至於是從什麼時候開始的嘛……我想想看喔。應該是非常久遠的時候，久到我都記不清了。沒錯……應該是這樣……」

「不可能。比任何人都率先衝到前線，與其讓別人受傷，不如自己受傷而勇往直前時，妳就已經是BISHOP了？怎麼可能會有如此愚蠢的事？」

火焰隨著真夜激動的情緒搖曳晃動。

狂三認為那與其說是憤怒，更接近悲傷。沒錯，恐怕阿莉安德妮也是一樣的心情，對於她是BISHOP一事感到難過，也想懷疑這是不是一場誤會。

然而，她卻承認自己就是BISHOP。

不過，剛才的自白——

宮藤央珂邪佞一笑，雙脣扭曲成新月的形狀。儘管受到嚴重警告，她還是——握起細劍。

「……我再警告妳一次。」

真夜說道；央珂不發一語。

然而，下一瞬間——

「嘎……！」

苦無剜挖出央珂的靈魂結晶碎片。

「這是——」

由離對啞然無言的真夜說道：

『非常抱歉。由於狀態危險，以我個人判斷，允許抹殺宮藤央珂。』

一名少女佇立在房間角落。響、阿莉安德妮、真夜，甚至連狂三都沒有察覺到她的存在。

「量產型……佐賀繰唯……？」

『沒錯。因為事態緊急。』

宮藤央珂茫然望著自己胸口被挖穿的洞。

「咦……這是……？雪城、阿莉安德妮，欸……」

量產型唯甚至不給宮藤央珂說話的機會，乘勝追擊，將苦無刺進她的身體，完全消滅她。

最後剩下的只有靈魂結晶碎片。不過，原本應該閃耀著藍色光芒的靈魂結晶碎片，卻像被漂白般雪白。

「……央珂……為什麼……」

真夜悲傷地低著頭；阿莉安德妮賭氣似的將臉撇向一旁；而狂三則是目不轉睛地仰望著天花板。

「——好了，既然已經揭發宮藤央珂就是BISHOP，那麼殺害佐賀繰由梨小姐的也是宮藤央珂，這麼想可以嗎？」

狂三說完後，真夜不悅地瞪向她。阿莉安德妮眉頭深鎖，歪過頭。

「……可以這樣……判斷嗎～～？」

「——不能。」

否定的人是狂三。

「不能這樣判斷。因為宮藤小姐不可能殺得了佐賀繰由梨。宮藤小姐雖然是BISHOP，卻『不是凶手』。」

「咦……？」

「這、這是怎麼回事，狂三？」

狂三豎起兩根手指。

「各位誤會了。宮藤小姐是BISHOP沒錯，至於是先天還是後天造成就不得而知了——總之，她剛才已經自白了。不過，就算她是BISHOP，還是沒有殺害佐賀繰由梨的機會和動機。」

真夜和阿莉安德妮聞言，凝視著狂三，眼神透露著不信任與更多的驚嘆。

「那麼，究竟是怎麼回事呢？殺害佐賀繰由梨的果然是在場的其中一人嗎？不是、不是，並非如此。把一連串的事情想成是『為了把殺害佐賀繰由梨的罪嫁禍到宮藤央珂身上』，這樣比較妥當吧？」

真夜向前踏出一步，反駁狂三：

「……等一下，她的確坦白自己是BISHOP，而且還想要殺妳。既然如此，只能認為她是凶手了吧。況且……」

「如果自己不是凶手，那凶手只剩下阿莉安德妮小姐了。妳不想再嚐到被同伴背叛的滋味，太難受了是嗎？」

「……」

真夜垂下頭。

阿莉安德妮雙眼圓睜，難得態度慌張地說道：

「等一下～～我不是凶手喔～～」

「是的，雪城小姐請放心。阿莉安德妮小姐、真夜小姐，當然還有我、響、小唯小姐跟『央珂小姐』都不是凶手。」

聽了狂三說的話，所有人瞪大了雙眼。

「由離小姐，我可以問妳一個問題嗎？」

『可以，請問。』

「剛才攻擊央珂小姐的那一擊實在太精彩了，連我都沒想到妳會突然來這一招呢。」

『多謝誇獎。』

「不過，第一擊也就罷了，第二擊我實在無法認同呢。那可是她與兩位支配者今生的訣別，至少多給點時間讓她們道別吧。」

『因為擔心她會出手攻擊。』

「這藉口編得爛透了呢。妳害怕的是被挖出靈魂結晶碎片的宮藤央珂會『吐露真相』吧？」

『我聽不懂妳在說什麼。因為她想反擊——』

「看吧、看吧！明明是ＡＩ，敷衍能力還這麼差。」

「喂，狂三、狂三，等一下啦！我們完全跟不上妳的話題！」

「華生響，多謝妳的提醒。我以前曾經說過吧，白女王會令準精靈陷入情網，將她們變成自己的忠僕。」

「……啊……」

真夜與阿莉安德妮幾乎同時意會過來，一臉吃驚地凝視狂三——然後仰望天花板。

「難保她的部下不會繼承這個特性吧？」

「當然，她的力量肯定不如女王強，不過——」

「不過～比如擁有『寄生』的能力～？像是把自己的記憶移植到他人身上～」

『我完全不明白妳們在說些什麼……』

「……嗯，雖然有各式各樣的疑問，但我最納悶的是，為什麼佐賀繰由梨小姐要邀請我和響，以及其他支配者來她家過夜。」

沒錯，從一開始的契機就很奇怪。

「我和阿莉安德妮小姐也不是那種需要在賭局結束後確認彼此友情的關係，對吧？」

「就是說呀～我賭輸可懊悔了～」

既非那種決一死戰的兩人互相理解，爽快握手言合的經典發展，也不是立刻展開廝殺的情形。而是彼此下次再戰，剪不斷理還亂的競爭心。

「由梨小姐應該也有感受到這種氣氛才對。然而，她卻懇求所有人在這棟宅邸逗留。妳們想，從這裡開始事情的走向就很奇怪了。即將離開第七領域的我們當然不得不答應由梨小姐的懇求，同時——」

「……我們必須與時崎狂三談論有關女王的事情，不過為此讓所有人住在同一個地方，確實很奇怪。談完話，所有人回去原本住宿的地方就好。老實說，我們對於時崎狂三在身旁一事感到忐忑不安，她能停止時間，操縱影子……也有可能暗殺我們。畢竟她已經在第十領域打敗了『操偶師』。」

狂三聳了聳肩。

「我那是有正當理由的，不過，現在就不提了。總之，接下來奇怪的事情就是聲稱佐賀繰由梨小姐死亡後啟動的由離妳了。」

『——我哪裡奇怪了？』

「『沒有一處不奇怪』，一堆不可思議的地方。為什麼指定我擔任偵探的角色？通常應該會選擇雪城小姐吧？不，反而必須叫外部的人來擔任吧。明顯是內部的人犯案時要讓內部的人擔任偵探，只有像夏洛克．福爾摩斯這種公家機關認定的『完全局外人』才行。就這層意思而言，不管由誰擔任這個事件的偵探都不妥當，因為所有人都存在著利害關係。」

響也漸漸隱約看清真相了。

明白時崎狂三想陳述什麼，而且那是十分危險的行為。所以，現場的氣氛開始帶有無限的緊

張感。

「反過來想，我實在很想知道妳有什麼意圖。不過，宮藤小姐的死終於讓我恍然大悟。她是代罪羔羊，只是個犧牲品。恐怕她是最近才『成為』BISHOP的，應該說，就是在昨晚吧？」

『我不懂您在說些什麼。』

「我在第八領域目睹過準精靈化為空無，差點變成白女王的手下。那名少女是支配者。既然如此，宮藤央珂也不例外吧。她……被選中在這裡成為凶手而死。」

第六領域的支配者宮藤央珂。

像她這樣的人物是BISHOP的消息傳開的話，其他支配者恐怕會失望，同時也會認同。

「包含第六領域是核心領域這一點在內，目的應該是切斷各個領域的連結。想得真美。雪城小姐，我聽說是宮藤小姐在主導領域會議……如果證實了她在成為支配者前就一直是白女王的手下，會怎麼樣？」

真夜思考片刻後，像是要甩開討厭的妄想般搖了搖頭。

「勢必會演變成在這個鄰界成立支配者體制以來的大騷動吧。準精靈會疑神疑鬼，分不清是敵是友。」

「那麼，倘若是宮藤央珂恰巧在這裡與BISHOP交戰而死呢？」

真夜思考了一下這句話——然後得出結論。

「……心情會受影響，但是……有可能打起精神。」

現狀有八名被稱為支配者的存在，其中也包含像凱若特・亞・珠也這種之前擔任過支配者的人物。這些女孩在領袖魅力或純粹的力量方面受到準精靈們的崇拜、仰慕。

即使是白女王，與這些支配者正面對峙也會造成不小的犧牲。

不，她本身或許認為支配者根本很好解決吧。不過，她的部下三只棋子就另當別論了。

她們生來就是為了女王而戰，為了女王而殺，然後為了女王而死。

因此，她們策劃陰謀。

打算利用骯髒的手法從內側玩弄支配者。

所以宮藤央珂不能只是白白送死，必須讓世人領悟——

連身為支配者首領的她都倒戈來侍奉白女王。

這就是動機，犯案方法很簡單。因為央珂正在接觸白女王，而且害怕、畏懼白女王那輕易侵入自己領域的力量。

白女王利用她的恐懼，創造出愛慕之情。

◇

白女王率領的三只西洋棋，也就是ROOK、KNIGHT和BISHOP。只要白女王存在，這三名幹部就不會死去。

「那麼，BISHOP，只要她挨了這顆子彈，就會『變成妳』。」

BISHOP從女王手上接過散發著淡紅色光芒的子彈（這樣講實在很像一種蟲）後，輕輕抱在懷中。

「謝謝您的賞賜，女王。」

不管ROOK和KNIGHT被消滅幾次，能都藉由朝空無射擊【天蠍之彈】復活。而BISHOP除了【天蠍之彈】，還能藉由寄生在他人身上產生第二、第三個BISHOP。

與ROOK和KNIGHT不同的地方是，BISHOP可以寄生在任何人身上。就算不是空無，而是擁有生活目標的準精靈，BISHOP也能惡毒凶猛地侵蝕。因此BISHOP不像ROOK和KNIGHT那樣，人格是千差萬別。

「話說回來，為我而死的空無並不稀奇，妳的方法倒是獨樹一格。妳難道不會內疚嗎？」

「——完全不會。」

BISHOP滿不在乎地如此回答。

對製造妹妹、捨棄妹妹的她來說，背叛朋友、殺死朋友和嫁禍給朋友這些事都無足輕重。

於是BISHOP動手讓宮藤央珂化為BISHOP。然後斷定宮藤央珂有罪，殺死了她。

當然，也有直接把宮藤央珂這個強力的準精靈當作棋子來用的手段，但是這樣恐怕會露出馬腳，很可能被雪城真夜、阿莉安德妮・佛克斯羅特、篝卦葉羅嘉、輝俐璃音夢——睿智又直覺敏銳的她們識破，擬定對策。

要給予支配者們重擊，最適合的狀況就是讓宮藤央珂自稱BISHOP，「引發內鬨後」再死。

雖然會演變成兩個BISHOP自相殘殺，但對BISHOP來說根本無所謂。

她本來就是以自我毀滅為前提而行動。

以兩名支配者，兩名BISHOP的死，讓鄰界陷入混亂的漩渦之中。BISHOP的計畫雖然粗糙，卻難以抵擋。

「我還有一個問題。」

「……什麼問題？」

女王露出了宛如女童般天真無邪的表情（如果是不久前的白女王，難以想像會有這種表情）問道：

「『妳為什麼還保持正常』？不像我可愛的空無們那樣愛慕我嗎？」

BISHOP的呼吸和心臟同時停止。
——若是回答錯誤肯定會一命嗚呼。
但她卻唯獨記不清自己究竟是如何過關的了。

◇

仰望天花板的狂三微微一笑。
「妳不想讓事情發展成那樣，所以刻意誘導，甚至澈底隱藏自己的存在，對吧，『佐賀繰由梨小姐』？」
——沉默的時間意外地短暫。
『沒錯。一切都被妳看穿了呢。』
真夜和阿莉安德妮聽見這若無其事的說話態度後，面露慍色。
「那、那麼……由梨小姐果然是自殺嘍……？」
響說完後，狂三點頭回答：
「是的、是的。佐賀繰由梨小姐……不對，是BISHOP，妳在我們面前裝死後，現在還活著嗎？或是變成了其他形態？無論如何，妳都希望我們相信宮藤央珂是凶手的這個假象。」

「那麼，那具屍體是……冒牌貨？」

「比方說，可能是讓量產型唯偽裝成她再殺死。若是如此，把這棟宅邸全翻遍，應該就能找到她了吧。或是——」

地震了一下。

『可惜，猜錯了。我已經不是佐賀繰由梨，而是由離，是管轄這棟宅邸的ＡＩ。這一點沒有改變。』

「或是，我原本推測是化成了其他東西……原來是這樣啊。」

從剛才就一動也不動的量產型唯轉動脖子，目不轉睛地盯著狂三。機器人特有的大動作，令所有人做出防衛姿勢。

她張開嘴，發出由離的聲音。

「我本來沒有打算在這裡動手殺人的。如果可以，我希望老老實實地繼續隱藏下去。不過，我也有料想到很有可能會演變成這樣。」

「喔喔，所以接下來妳會採取什麼行動實在是非常顯而易見呢。」

「……！狂三！」

量產型唯以不像人類能力的異常跳躍力攻擊過來。

狂三舉起老式手槍，高聲大吼：

「————〈刻刻帝〉！」

咆哮般的槍聲響起後，一片寂靜。接著響起逐漸損壞的破銅爛鐵聲。

『大家，給我殺。』

「殺吧。」

無數的量產型唯接二連三闖入，腥風血雨的一夜展開了。

○永遠的牽絆

佐賀繰由梨是在登上支配者寶座前成為BISHOP的。

在那之前，她是個極其普通的準精靈，在第七領域過著渾渾噩噩的日子，但她有個明確的目的。

就是讓妹妹唯幸福。

她失去了另一個世界的記憶，只記得和妹妹一起盪鞦韆時看的晚霞十分美麗也無比感傷。

第七領域是永夜，所以看不見晚霞，實在遺憾。

鄰界的生活很艱難、辛苦，而且平平凡凡。不管是昨日還是明日，時間都一成不變。

——某天，妹妹唯死了。

在這個鄰界，不能將生存的目的寄託在死者身上。

「自己一直是為她而活的。」

唯死去後，自己的存在價值也跟著消失。

那時，就在那個時候。

一名身穿純白靈裝的少女以沉穩緩慢的聲音說道：
「哎呀哎呀哎呀，妳這樣下去可是會消失的喲。」
由梨自暴自棄地回答：消失也無所謂。不過，少女置若罔聞，朝她伸出手。
「抓住我的手。」
「……抓住妳的手？為何？為什麼？」
「因為我捨不得妳的才能，不想浪費了妳那殘忍的個性。我說的沒錯吧？妳為了讓自己活下去，『殺了打算離開妳的妹妹好永遠束縛住她』的貪婪之心，值得褒獎。」
她只瞥了由梨一眼便指出真相。
——姊姊，我有我的生活方式。
——我想戰鬥。想藉由戰鬥證明自己，否則會消失。
——所以，我無法永遠留在這個家。
——我不是姊姊的人偶！
「妳折斷了想振翅飛翔的小鳥的腳還不夠——」
甚至奪去了她的性命。

這不叫貪得無厭，那叫什麼？女王朝被看穿一切而目瞪口呆的由梨伸出手。

「握住我的手。然後，奉獻吧。」

「奉獻，奉獻什麼？」

「妳的一切。甚至是妳的性命。」

傲慢的言行舉止，不過——

「妳所謂的一切，也包括這個世界嗎？」

由梨如此說道，回握住她的手。女王毫不動搖，十分肯定地回答：

「嗯。我打算摧毀這個世界。為了迎接國王，必須先驅除所有害蟲。」

國王是指誰？

從握住的手注入大量的資訊和靈力。

於是看見了。

國王是誰，是什麼樣的存在，過著什麼樣的人生，又是以什麼方式過日子。

——好耀眼啊。

對國王的第一印象是這種感覺。淨化了自己卑鄙、貪婪之心的清廉個性。

「國王就是他。可是啊，這個鄰界太多烏合之眾了吧？」

由梨受到了侵蝕。

原本投向妹妹的願望，全都轉向了「他」。

啊啊，原來如此。原來這就是「那種感情啊」。本以為與自己一生無緣而死心放棄，原來這就是——

「所以，破壞這個鄰界吧。把準精靈一個不剩地全部消滅，收拾得乾乾淨淨。」

「了解了，我的女王。適合站在國王身邊的，只有妳。」

「謝謝。好了，從今天起妳就是主教（BISHOP）。助我一臂之力，直到死亡那一刻吧。」

「榮幸之至。」

佐賀繰由梨對女王說了一個謊。

◇

——佐賀繰由梨的宅邸化為激烈的戰場。

不斷湧出的量產型佐賀繰唯，不怕死這一點倒是跟女王的軍隊空無一樣，不過她們並非胡亂攻擊，而是極有效率地行動以便殺死狂三等人。

每一具都擁有一定的戰鬥力，不是蝦兵蟹將，並以十人為一組，採取軍隊式的攻擊方式。

不過，更猛烈的是她們的數量。

「到底有幾個人啊～～！」

也難怪響會哀號。目前狂三的周圍有將近一百名佐賀繰唯蜂湧而至。時崎狂三、緋衣響、雪城真夜、阿莉安德妮．佛克斯羅特。無數的佐賀繰唯湧向這四人。

「……！〈刻刻帝〉——【二之彈】！」

狂三利用〈刻刻帝〉的力量讓逼近的唯群減慢速度，趁機用長槍射擊她們。即使如此，還是無法澈底壓制。

「放馬過來吧～～！」

接近阿莉安德妮的量產型唯不斷朝其他方向攻擊。阿莉安德妮讓她們的視覺產生混亂，不斷避開攻擊。若是還有唯接近，就在她耳邊吹氣，瞬間打倒她。

真夜再次開封第五書——朝四周噴撒火焰，不斷牽制。而狀況最危險的，當然是緋衣響。

「呀～～！我會被殺死～～！」

「……響！」

狂三對響施了一記掃堂腿，硬是幫她避開攻擊後，朝天花板連射老式手槍。企圖攻擊過來的唯群立刻往四處散開。

「妳暫時蹲著別動！」

「好、好的！」

狂三咂了嘴。雖然有預料到她會採取什麼舉動，但沒想到會「做到這種地步」。恐怕是召集了整個領域的佐賀繰唯來這裡吧，數量就是這麼龐大，跟在第十領域與人偶交戰時的質、量都大相逕庭。

畢竟包含狂三在內的四人所打敗的佐賀繰唯已經超過一百人。

換句話說——應該已經殲滅一開始待在這棟宅邸的一百人。然而，狀況完全沒有改變。不僅如此，狂三剛才瞥見那個畫面時，全身戰慄。

「佐賀繰唯從房子的牆壁現身」。這代表能無限供應無數的佐賀繰唯。

「要不要乾脆吃了這個～～？」

阿莉安德妮手持唯的靈魂結晶碎片如此低喃。實際上也有準精靈在互相廝殺時吸食靈魂結晶碎片，尤其在第十領域，根本是家常便飯。不過身為支配者的她們多少有些厭惡，少有捕食他人靈魂結晶碎片的行為。

然而，這棟宅邸吞噬了靈魂結晶碎片後，從剛才就不斷產生新的佐賀繰唯。如此一來，只要自己這方也捕食回去——

真夜否定阿莉安德妮的提議。

「最好不要。吸取這個靈魂結晶碎片感覺不妙。」

「我也贊成雪城小姐的意見。在顏色被漂白產生變化時感覺就不對勁。吸取後，可能會反遭吞噬。」

「……這樣啊～～也有道理～～」

阿莉安德妮嘆了一口氣，加速無銘天使。她的無銘天使是可自由伸縮的水銀線，沒有握柄，末端與指尖結合。

一根根手指生出極細的水銀線，總共有十條。她透過這些水銀線操控他人的感情，讓肉體失控。

當然，將水銀線結合成一束當作鞭子來使用，就能化為凶惡的物理性攻擊手段。

「嘿～～咻～～！」

隨著「嚓、嚓嚓」細微的聲音，佐賀繰唯被切成碎片。不過，其中一人用牙齒咬住水銀線，另一人從隙縫鑽出，撲了過來。

「……唔！」

好不容易才及時用另一隻手的水銀線迎擊。

——不過因為施展這一招，另一隻手好不容易壓制住的佐賀繰唯又蜂擁而上。

十六把苦無襲向阿莉安德妮。

「【一之彈(Aleph)】……！」

狂三連看都沒有往後看，就朝阿莉安德妮射擊子彈。

「喔喔～～！」

阿莉安德妮揮動手臂的速度加倍。沒有用來防禦十六把苦無的攻擊，而是用水銀纏住五把苦無的握柄，用它們把剩下的十一把彈開，再投擲出去，射死五名佐賀繰唯。

「剛才那招好棒啊～～實在太棒了～～！再來，再來，再射多一點～～！」

「恕我拒絕。浪費時間對身體有害！」

此外，狂三從剛才就特別在意視線。無數冰冷的機器眼瞳中──似乎有個傢伙的視線散發著熱情。

當然，是BISHOP吧。

不能再繼續亮出自己的底牌了。

「啊嗚！」

響再次遭受攻擊──狂三立刻將她踹向天花板。

「太過分了～～！」

「抱歉，妳就在天花板老實待著吧！」

「我有個提議，時崎狂三。這樣下去沒完沒了，有一招能有效對付這麼多的敵人。」

狂三點頭回應真夜：

「直接攻擊本體或主力部隊吧。無論如何，只要沒攻擊到BISHOP就會打個沒完沒了。」

「我和阿莉安德妮來幫妳開路，所以希望妳——抹殺掉她。到時候，我也相信妳，把希望寄託在妳身上！」

聽見真夜可說是難得熱情的這番話後，阿莉安德妮瞪大雙眼。

「……不過，根本不知道關鍵的本體在哪裡。」

狂三一邊開槍一邊回應。真夜闔起原本正在使用的書籍後，從背後的書櫃抽出另一本書（有些厚的文庫本）。

「開封——第九書．〈靈魂的一鱗片甲（Soul Stalker）〉。」

真夜毫不猶豫地撕破文庫本的頁面，然後隨意折疊成蝴蝶的形狀，遞給阿莉安德妮。

「借我一根水銀線。」「好耶，來了～～」

阿莉安德妮小指的水銀線纏繞住書頁。書頁飄呀飄地，開始像蝴蝶般飛舞。

「這張頁面會追蹤靈魂結晶碎片。我已經設定讓它去追蹤佐賀繰由梨。跟著水銀線去吧！」

「知道了。」

狂三露出狂妄的笑容，呼喚天花板的響。

「響，該走嘍！」

「遵命～～！」

響鬆開原本緊抓的水晶吊燈，然後著地，緊跟在狂三背後。

「目標是那隻蝴蝶。妳緊盯著它，不要跟丟了。我來對付唯。」

於是，兩人邁步奔馳。目送兩人的阿莉安德妮低喃：

「像她們那樣～～就是所謂默契十足的搭檔吧～～？」

「我是不知道啦，總之只能將希望寄託在她身上了。這樣下去，我們必死無疑。」

無數的佐賀繰唯追在奔馳的狂三兩人後頭。

「總之，為她們開路吧——阿莉安德妮。」

「ＯＫ～～無銘天使〈太陰太陽二十四節氣〉——一太刀・石火星霜！嘿～～咻～～！」

阿莉安德妮合掌讓水銀線纏繞在一起，形成鞭狀後使勁一甩。

音速的衝擊波衝破音障，掠過狂三兩人的身旁。阻擋在她們面前的量產型唯損毀消失。

「耳朵好痛～～……」

「給我記住……！」

狂三和響一邊抱怨阿莉安德妮一邊穿過走廊。

「記住嗎……嗯，如果還活著，或許有機會再見吧。」

「危險時刻，希望妳至少救救我。」

「這種時候難道不應該說『至少希望妳能得救』嗎？」

「我有義務在身，還沒完成之前不能死掉。所以，緊急時刻我會拿妳當擋箭牌逃之夭夭。」

阿莉安德妮知道真夜不是那種會開玩笑的人，因此露出苦笑。

「好吧～～那我只好竭盡全力不要死了～～我要出大招嘍～～！奧祕．搖曳．神來月！」

多不勝數的清澈水銀線。

水銀線貫穿佐賀繰唯群，滲透她們的體內，吞食動力來源的靈魂結晶碎片。

「一、二、三……！」

佐賀繰唯面向反方向，然後開始攻擊直至剛才還通力合作的同伴。

「真是教我吃驚，竟然連這種事都做得到啊？」

「畢竟是大招，實在不怎麼想施展出來。可是，沒辦法啊～～！」

五根手指乘以二，總共十名佐賀繰唯加入了我方陣營。她們以簡直像機械的精密程度攻擊「敵人」。

真夜斜眼旁觀這個畫面，發現阿莉安德妮正在流汗。不愧是所謂的大招，似乎十分消耗靈力與集中力。

……真夜輕輕吐了一口氣。

她也認為確實無可奈何，現在不是支配者彼此隱藏絕招的時候了。

「開封——第一書．〈她說要有光（Novum Testamentum）〉。」

瞬間迸發出耀眼的光芒，害得阿莉安德妮的集中力差點中斷。

形狀是寬劍，不過是用紙層層疊起製成的劍。

「這下子有三本珍貴的書從鄰界消失了。啊啊，真可惜、真可惜。」

真夜嘴上抱怨，把劍隨手一揮。光是這樣，位於周圍的數名佐賀繰唯便消失無蹤。

「好厲害～～」

「只能用來攻擊這一點不如其他書籍好用，不過我想用它應該能暫時對抗敵軍。根據計算，大概還可以撐三十分鐘左右。」

「我想也是～～三十分鐘，我的操控也差不多到極限了。」

彼此祭出殺手鐧的真夜和阿莉安德妮邪魅一笑。

「好，上吧。繼續戰鬥，剩下就是期待時崎狂三了……！」

◇

狂三和響追著翩然飛舞的蝴蝶奔馳。阻擋去路的量產型佐賀繰唯增加到兩百人。狂三在腦海裡迅速判斷，怎麼樣都不可能打贏。量產型佐賀繰唯在能力方面凌駕於普通的準精靈，數量又壓倒性地多。

雖然能倖存下來，但「那代表要對響見死不救」。

而狂三無意識地排除了這個選項。

問題在於，唯軍團漸漸習得狂三會去保護響這件事。

「狂三！不用管我！」

當然，響也察覺到了這一點，在這種狀況下，自己在扯她後腿。不過，為時已晚。當狂三離開響的瞬間，唯軍團便衝上來殺響。

就是這樣的舉動。

終於讓佐繰賀由梨也發現了這件事。

『狂三妳在保護她（響）啊？』

面對這個提問，狂三以沉默和槍聲回應。沒有閒情逸致說話，能不能撐個五分鐘都有疑慮。

她用〈刻刻帝〉射出所有子彈。

射擊跳過來襲擊她的唯，彈開投向她的苦無，傷痕累累卻依舊一個勁地向前進。

不過，當敵方都集中攻擊響後，狂三一步也前進不得。

「混帳……！」

肉搏戰早已近乎壓迫。周圍被佐賀繰唯堵得水洩不通，幾乎無法動彈，想跳躍、閃避都難以做到。再怎麼射擊都無所畏懼，自相殘殺也不以為苦。

機械性地置效率與個人生命於度外的戰鬥。狂三抓住響，想將她塞進影子中——還是遭到了

阻撓。

指揮官佐賀繰由梨十分清楚狂三的能力。

有別於在第十領域與「操偶師」交鋒時的狀況，時崎狂三在這個鄰界早已成為受人高度警戒的存在。

呼吸急促。

「……【一之彈】！」

狂三用肩膀撞量產型唯，接著架拐子將她往上推，趁機向前踏上一步，射擊〈刻刻帝〉。踹飛墜落的唯，用她擊退其他唯。

在雙重意義下不斷浪費時間。本想利用〈食時之城〉補充時間，產量型唯卻在這一瞬間集中攻擊她，加上響在附近，很可能會牽連到她。

想要遠離響，狀況已經不允許。阿莉安德妮和真夜也只能防守。

「……！」

一把苦無刺進狂三的手臂，狂三忍住不發出痛苦的叫聲。

『妳走投無路了呢。』

「……給我閉嘴。」

狂三不耐煩地咂嘴——由梨或許是感受到了狂三的不耐煩，只見她一臉愉悅地笑了笑。

『放棄吧，時崎小姐，反正妳贏不了白女王。這種狀況，白女王輕而易舉就能反敗為勝，妳卻做不到。因為妳一心二用啊，一邊保護緋衣響，還想戰勝我，未免太天真了吧？』

「就說了，給我閉嘴。」

視野因汗水而模糊。大概是因為心情煩躁，槍開始射不準了。

面對狂三的靈裝〈神威靈裝・三番〉，苦無的攻擊根本不痛不癢。但是累積下來，還是不免受到傷害。

一點一點的小傷累積，傷勢越來越重。目前狂三受到的攻擊就是這種情形。

『很好，追加一百具。這下子妳必死無疑了吧？』

「怎麼這樣……」

響愕然低喃。像要乘勝追擊似的，新的佐賀繰唯接二連三從牆壁和天花板湧出。這裡是佐賀繰由梨的胃部，結界的內側，即使是時崎狂三也只能等著被消化。

——咬牙硬撐。

——意志堅定地勇往直前。

——還要保護緋衣響。

呼吸急促；宛如酩酊大醉般，頭暈眼花；被苦無劃開的手臂慘不忍睹。不過，狂三還是狂妄一笑。

「我要上嘍。」

如此說完，將槍口指向自己。

「【一之彈】。」

加速——唯群緊追不捨。從上空釋放的苦無如豪雨般傾瀉而下。

「【二之彈】。」

狂三朝那些苦無射擊減速的子彈。

時間的加速和減速。狂三分別使用兩種類型的子彈，加倍提升速度。

不過，她無法百分之百活用，她把自己三成的能力用在響的防禦上。而狂三認為這是再自然不過的事。

「那個，狂三！我自己會想辦法的……！」

響表情難受地提出意見，但狂三不予理會，追著蝴蝶。每次奔跑，血便越流越多。撐不到五分鐘，實在難以爭取到五分鐘的時間。

不過——

「狂三！」

不過，她還支撐得下去，還能再戰鬥一會兒。如此一來，必定能柳暗花明。

支持五分鐘，撐下去。即使渾身浴血，好在響幾乎毫髮無傷。狂三繼續擋開就算響死一百次也不足為奇的攻擊。

響明白自己在扯狂三後腿。

所以才哭著央求狂三別管自己——然而狂三堅持拒絕。因為拒絕，針對響的攻擊就越來越強烈，只要攻擊響就能占上風。

佐賀繰唯軍團的攻擊頑固、狡猾、殘酷得令人難以置信。

狂三的心慢慢地受到壓迫、扭曲。只要屈服、讓步，就會敗北——

接著下一瞬間，發生了「那個現象」。

黑色角柱從一樓的地板穿破二樓地板顯現出來。

『……鄰界編排……！』

那無非是精靈保留的現實世界的紀錄。事發突然，佐賀繰唯因為這令人費解的物質而產生混亂，停止動作。

「狂三！」

響毫不猶豫地從後面推了狂三一下。

於是，狂三反射性地將手伸向角柱——

『什……不行、不行、不可以！』

佐賀繰由梨發出哀號。以常識來思考，不該在戰鬥中做出這樣的舉動。因為觸碰這些黑色角柱，很有可能令思緒陷入茫然或產生動搖。

然而——

倘若蘊藏在角柱裡的現實世界記憶是有關「他」的事。

無論處於何種狀況，時崎狂三都會選擇去觸碰。

◇

這記憶像是故障(Bug)了一樣。

狂三望著填滿馬賽克的風景，如此思忖。到處陸離斑駁，每一幕畫面都不連貫，跳來跳去。

登場人物和狀況也形形色色。不過，狂三馬上就理解了。

「『精靈』——」

眼前所見的，是除了狂三以外的精靈們。第一精靈、第二精靈、第四精靈、第五精靈、第六精靈、第七精靈、兩名第八精靈、第九精靈和第十精靈。

她們各自聚在一起，開心閒聊的風景。

或是英勇奮戰的風景。

拚命戰鬥，奮不顧身地想去拯救某些人。那可能是陌生人、變成朋友的精靈，或是——或是為了「他」。

鮮明的記憶連綿不絕，卻不見時崎狂三自己的身影。

彷彿在嘲笑自己：「他沒有妳也一樣活得下去」。

「……確實沒錯呢。」

狂三嘆了一口氣，舉棋不定的心情全包含在那口氣當中。

那種事，她早就抱有覺悟了。

時間停止。精靈們和風景消失不見，不久後只剩下一個人。

「■■——」

狂三輕聲低喃，卻無法辨別那是誰的名字。

有各式各樣的記憶，卻無法記錄回憶。

腦海裡有立方體的空白，感覺它奪走了自己重要的東西。而那個空白日漸增大。

最後會令自己變成空無吧。

所以，烙印在眼底吧。

別讓雙手掬起的水灑落一滴吧。

全力奔跑吧。

回到原點吧。

別考慮他人（響）的事。

「可是——」

不，妳搞錯了。

因為想要去保護，才會讓事情走偏，亂了套。別迷失自我了。

時崎狂三很「任性」。目中無人、暴虐無比才是自己的座右銘。

所以，緋衣響並非應該保護的存在——

◇

「……啊啊，我竟然忘記這麼重要的事。」

狂三如此說道，邪魅一笑——露出響熟悉卻帶來極其不祥預感的笑容。

「……那個，我只有不祥的預感耶。」

「【一之彈】。」

狂三不管三七二十一就朝響的頭頂射擊加速的子彈。

「我不再保護妳了，所以一起並肩作戰吧。」

「真、真的假的啊————！」

響大喊，同時高舉〈王位篡奪〉。加速的感覺簡直令人難以置信。自己的身體異常迅速、異常輕盈。

不過，響十分肯定。

——這明天絕對會全身肌肉痠痛啊～～～～～！

然後，響凶暴的鉤爪武器撕裂了量產型唯。狂三見狀，邪佞一笑繼續前進。

「響，跟我並排跑！」

響笑容可掬地點頭回應，來到狂三身旁邁步奔跑。唯軍團連忙追趕，但既無法阻止不再保護響的狂三，也無法阻擋得到狂三力量的響。

『必須再增援……！』

聽見由梨說的話，狂三「嘻嘻嘻嘻嘻」地發出冷笑。

「真～～是可惜呢～～世界是公平的。只要好好爭取時間，就會得到對等的回饋。」

『——什麼？』

她們趕來了。

狂三望向玄關的方向，然後無奈地聳了聳肩。

「……真是慢死了。」

玄關門「唰」地一聲被砍裂。

「哈哈哈哈哈！走吧，上戰場吧！各位早安啊！時崎狂三大人的第一號僕人，凱若特・亞・珠也登場！」

『什麼……！』

「哎呀、哎呀，『我』渾身是血呢。」

從凱若特背後優雅現身的是另一名時崎狂三，從過去某個時間點分離出來的分身，取名為岩薔薇。

然後——

佐賀繰由梨看見令她難以置信的人物。

不對，那名人物本身沒什麼太大的問題，是她站的陣營令人難以置信。

「——由梨大人。」

『……小唯，妳做了什麼？』

「我擔憂現狀，帶來了兩名可靠的人物。分別是前第三領域支配者，凱若特・亞・珠也大人，和另一名時崎狂三，岩薔薇大人。」

『為什麼要這麼做……！』

「由梨大人，我才想問妳呢。妳為什麼想殺掉這些支配者？」

佐賀繰唯表情冷漠地詢問由梨。

『噢，這個嘛——這是因為啊，小唯。』

「不，我沒必要問。對我而言，眼前的現實就是一切。我不會站在妳那邊。」

沉默。量產型唯同時面向特製型佐賀繰唯。

『……是嗎？那妳就是瑕疵品了。』

「是啊，我應該是瑕疵品吧。」

唯一直很痛苦。她認為否定有如生母般的存在，不就等於否定自己嗎？

然而，並非如此。既然是生母，更必須糾正她的錯誤。因為自己不正視這個問題，才出現了不計其數的犧牲者。

無論別人怎麼說——都應該殺了她才對。

唯深呼吸，把至今感受到的不協調和怪異感全都嚥下去——

她舉起苦無。

「量產型的我和這個我有一個決定性的差異。她們的『那個』只是普通的苦無，我的『這個』則有特殊的能力。而這能力還是妳賜給我的。」

夾在手指間的五把苦無。佐賀繰唯猛烈地吐了一口氣。由梨被她的氣勢所震懾，反應慢了好

幾拍。

「視覺、聽覺、觸覺、嗅覺、味覺。人生有五感，以吾之苦無斷其五感，即命之為地獄。」

『等一下……』

「──我不等。〈七寶行者〉！」

唯釋放的苦無只刺進了宅邸的牆壁。不過，當苦無隨著雷光碎散的瞬間，整個房子轟隆作響，天搖地動。

『──！唔、唔……啊啊啊啊啊啊！』

量產型唯立刻停止攻擊，開始慌亂地環顧四周。似乎因為下達指示的由梨喪失了五感，導致搞不清攻擊目標。

「我斷了佐賀繰由梨的五感。趁現在！」

「我知道了！」

『！……自動模式（Auto Mode）！把眼前的傢伙一個一個給我殺了！』

量產型唯再次行動。不過，動作有些笨重。

狂三怎麼會錯過這個機會。她拉起響的手，在牆面上奔跑。

「岩薔薇、凱若特小姐，這裡就交給妳們了！」

「了解！好了，要上嘍。黑桃A！方塊9！紅心Q！梅花4！」

『收到是也！』『遵命喲！』『看我的嚕～～！』『榮幸之至便可。吾等花色四人組！』

「看這個數量，我們也撐不了多久。來吧，快點解決掉敵人！」

凱若特和她的手下撲克牌四人組，以及岩薔薇火力全開。

殺掉眼前的傢伙，就表示動作做得越大，量產型唯的注意力就越容易被身為誘餌的兩人所吸引——所以，盡情地擺動身體吧。

形勢完全逆轉，而由梨已經無路可退。

凱若特．亞．珠也和她的手下撲克牌們華麗地打倒唯；岩薔薇穩健地狙擊唯；阿莉安德妮．佛克斯羅特用水銀線切碎或操控對手；活用所有書籍的雪城真夜宛如堅固的城牆。

她們毫不留情，嚴厲猛烈地打倒量產型唯。當由梨被〈七寶行者〉掠奪的五感終於恢復時，為時已晚。

真夜低喃了一句：

「終究是量產型，跟我們這邊的佐賀繰唯完全不能相比，就算是妳親自操控也一樣。無限的子彈贏不了只有一枚的銀色子彈。」

阿莉安德妮感慨地說：

「由梨妳的能力和智慧真的很優秀耶～～可是呀，我們的領域也不是那麼好混的～～」

凱若特．亞，珠也挺起胸膛呢喃：

「妳怎麼贏得了時崎狂三大人嘛！對吧！」

『魯莽也該有個限度吧是也。』『妳太小看在第三領域存活下來的頑強度嚕！』『沒有第二次機會了喲～～！』『有辦法讓她陷入危機就算妳夠厲害了便可！』

岩薔薇聳了聳肩告知：

「哎，就算我沒來，『我』應該也能想辦法度過難關吧。這樣說有比較輕鬆了嗎？」

最後，佐賀繰唯悲傷地嘆息道：

「……收手吧，由梨大人——不，姊姊。結束吧，別再繼續下去了。妳的一切實在是太虛假了。」

真夜製造的蝴蝶翩翩飛舞，抵達佐賀繰由梨所在之處。

『…………手。』

微弱的聲音。狂三側耳傾聽，但沒有停下腳步。

『…………住手。』

響也一樣繼續奔跑。不過，她終於聽懂由梨想表達什麼。

『……託，住手……』

——啊啊，多麼殷切的話。自欺欺人的願望。

『…………拜託，住手…………！』

「恕我拒絕……！」

蝴蝶一溜煙地飛進了房間，狂三等人也跟著衝進那個房間。空無一物、冷冰冰的房間。

「這裡……是由梨小姐的房間……？」

蝴蝶翩然撞上牆壁，像是耗盡力氣般墜落。不過，它已經完全達成它的任務。

「從一開始就沒有移動過一步——是嗎？真是的，早知道一開始這麼做就好了。」

狂三如此低喃，將〈刻刻帝〉指向牆壁。

扣下扳機。

牆壁被打得粉碎，出現暗室。

「根本沒有什麼詭計圈套。」

「這裡是……」

暗室的構造宛如一個巨大的空洞。

黑暗空間裡排放著有如理科實驗室的桌子，還有躺在桌上的半成品佐賀繰唯。

往漆黑的內側前進。

比想像中寬敞。朝發出「喔喔，喔喔喔」的悲嘆聲的方向前進。

於是，狂三和響再次見到佐賀繰由梨。

她的背與從牆面伸出的纜線連結在一起，看起來也像是一種俘虜。不過，她還活著，而且還

是敵人。

容貌沒有改變，但是充血興奮的眼散發出異樣的氣息。呼吸急促。狂三表情泰然自若地用槍指著由梨的頭。

『……明明……是……妹妹……竟然……膽敢……背叛我……』

「——我不聽乞求饒命之詞，也沒打算問『把妳知道的事招出來』這種愚蠢的問題。只是，我有一件事很好奇，妳該不會本來就想死吧？」

『……或許吧。』

「為什麼？」

佐賀繰由梨發出訕笑，彷彿嘲弄一切般。然後，靜靜開口：

『——因為，這裡沒有那個人。沒有[redacted]。』

雜音。她呢喃的是某人的名字。

狂三怎麼樣都無法辨識出那個名字。

『……我喜歡上他了，愛上他了。可是，我是支配者，是侍奉女王的BISHOP，絕對不可能遇見他。「所以為了見他，我本想跟著這個鄰界一起死去」。』

她夢想著說道。

不，不對。並不如夢想中那樣美好。她流下淚水，自知做錯了選擇。

狂三和響一時之間無言以對。

——雜音。還是不知道名字。

『是戀愛，這份感情無庸置疑是戀愛。』

狂三總算有些理解佐賀繰由梨了。

她是第七領域的支配者，同時也是叛徒。是白女王的手下BISHOP，更是一名捨棄上述一切身分也無妨的戀愛中的少女。

「……妳以為死了就能見到他嗎？」

『我不知道。可是，我覺得有機會。』

僅只一次的機會。只要在這個鄰界死去，或許就能回到另一個世界。就像從夢境中醒來，回歸現實——

她明白這不過是夢想，也知道為此必須踐踏一切。

『我對不起唯，也對不起央珂。給其他支配者還有準精靈造成了數也數不清的麻煩來下這個賭注——』

不過，即使如此——

『————好想見■■■■啊～～』

狂三的耳朵還是聽不見那個名字。

卻對那句呢喃百感交集。

「……祝妳能見到他。」

時崎狂三重重且確實地扣下手指壓著的扳機。

槍聲迴盪。

佐賀繰由梨是否前往了另一個世界？還是靈魂消滅，只化作了虛無？無論如何，那都是狂三未知的世界。

佐賀繰由梨身亡，接下來又會有「誰」取代她成為BISHOP吧。

知道她愛戀之心的，只有狂三和響。

「……是不是應該瞞著小唯小姐呢？」

「瞞不瞞都好。不過——我認為有些事不管多殘酷，還是必須知道。」

響聽了狂三說的話，無力地笑了笑。

赫然回過神後，一片寂靜。望向背後，發現特製型佐賀繰唯呆站在那裡。

「……由梨大人去世了嗎？」

「是的、是的。可說是死得非常平靜吧。」

唯輕輕觸碰逐漸瓦解的佐賀繰由梨的臉頰。她看來知曉一切。

「這個人真過分呢。」

「……是啊。」

「是個叛徒，明明對我那麼執著，卻對我棄之不顧。既霸道又任性，就算我死了，她肯定也半滴眼淚都不會流，心想反正再製造新的就好吧。」

她量產妹妹，行為也慘無人道。拋棄唯，接二連三地不斷製造，所以唯一點也不傷心。因為實際上，由梨過去從未為唯流過一次眼淚。

「可是，這個人戀愛了，而且談了一場沒有結果的戀愛。我覺得——這很悲哀。」

佐賀繰唯不相信。她認為在這個鄰界死亡便就此終結，遺留下來的，只有從這個鄰界消失之人的記憶。

所以，唯認為自己的姊姊白死了。

也覺得她很可憐，因為她捨棄了曾經深愛的妹妹、地位、名譽和忠誠，卻換來一場空。

「……不過，即使如此她也不後悔吧。」

因為她為愛而活，為愛而哭，並且為愛而亡。

「明明憎恨她，卻又覺得她如此可愛——」

由梨消失了。而唯只是默默地看著她逝去。

「小唯小姐，妳還好嗎？」

面對狂三的提問，唯點點頭。

「我沒事。特製型的我包含維修在內，全都可以自己執行。量產型就沒那麼方便了。」

響聞言走出暗室，探頭看走廊的情況。

「嗚哇。」

量產型唯軍團全都一動也不動，那空間彷彿時間停止了。戰鬥的四人鑽過她們之間跑來。

「……結束了嗎～～？」

響點頭回應阿莉安德妮提出的問題。量產型唯已經停止活動。不過，犧牲實在太大。

宮藤央珂被殺，佐賀繰由梨背叛。而白女王的戰力依然不變，想必會立刻任命新的BISHOP來填補空缺吧。下一任BISHOP勢必不會背叛女王吧。

有種慢慢被壓迫的感覺——快被降下的天花板壓扁的心情。

「……時崎狂三。不，我有話告訴在場的所有人。」

真夜帶著毅然決然的表情訴說。

「什麼事？」

「白女王的目的是到第一領域Kether開啟通往現實世界的門。為此，她認為必須毀壞這個鄰界，而且——」

真夜接下來說出的話令在場所有人震驚不已。

「……感覺是真的呢。」

「拜託妳，時崎狂三，要是讓白女王知道『那個』，鄰界就完了。『必須堵住入口才行』。一個入口在第二領域，另一個在第五領域。」

「我記得第五領域目前正受到侵略——」

「沒錯，篝卦葉羅嘉的愛徒蒼一直在抵抗。不過根據報告，最近白女王那方的攻擊越來越猛烈。所以，我希望妳別去第六領域，而是去第五領域，由她來為妳帶路。」

真夜如此說道，指向阿莉安德妮。

「咦咦，我怎麼沒聽說有這回事～～」阿莉安德妮雖然嘴上發著牢騷，還是無可奈何，不甘願地點點頭。畢竟這是名副其實的——世界危機。

○終幕

「原～～來如此。」

白女王觀看BISHOP的紀錄，嘻嘻嗤笑。

「沒想到那孩子竟然有這種心思，我感覺被自己的孩子背叛了呢。」

之後，白女王便忘了BISHOP曾是佐賀繰由梨這件事。那已經是不需要的情報，去了解她只會壓迫腦袋而已。

所以，輕易地遺忘。

比起她，有幾項更重要的情報。首先是——

「妳。」

白女王呼喚附近的空無，將槍口指向懷抱著緊張心情走向前的她。

「從今天起重生為BISHOP吧。【天蠍之彈】。」

槍聲——蠍毒循環空無的全身，改變她的肉體。

「……誠心誠意任此一職。」

其他空無一臉羨慕地注視著成為BISHOP的少女。

對侍奉白女王的空無來說，成為三名幹部是一步登天的晉升，是站在向女王進言，聽從女王的命令，對自己這些空無下達命令的立場。

「滲透作戰到此為止。已經知道時崎狂三的『弱點』，一掃第五領域的叛亂分子吧。」

「您的意思是——」

「沒錯。」

白女王淺淺一笑說道：

「前往第五領域，在那塊不毛之地決戰吧。一抵達那裡，我的人格也會切換成『正牌』。」

於是春天來臨

我是流浪賭徒（自稱）東出祐一郎。

２０１８年夏天出版了《約會大作戰DATE A BULLET 赤黑新章》第四集，之後歲月如梭，本集在書店上架應該是動畫《約會大作戰DATE A LIVE》第三季劇情接近高潮的時候了吧。

常聽人說上了年紀，時光流逝得特別快，實際上好像真的有研究人體對時間的感覺，流傳著幾個假說。

其中我個人喜歡的一個假說是「小孩對所有體驗都感到新鮮，而大人大部分的體驗都是已知的」。

玩耍、學習、活動、發現，所有經驗對小孩來說都很新鮮——因此為了刻劃在記憶中，才會感覺時間的流逝比較慢。

那麼，基於上述的內容，《約會大作戰DATE A BULLET 赤黑新章》也終於出第五集了。我會努力在每一集呈現出時崎狂三這名少女的新鮮面貌。

這次是兔女郎&偵探，而種類是賭博&（類）推理。

另外，我喜歡麻將的程度與撲克不相上下，本來想說機會難得，也讓她們玩玩麻將好了，不過麻將的規則比撲克牌還要複雜，要在小說中描寫出來很麻煩，因此作罷。

好想讓狂三說出「承讓了」、「你的背都被燻黑了」這幾句麻將漫畫中的名臺詞……

接下來，一如往常地要來對各位相關人士致上深深的謝意。編輯大人、每次都不厭其煩地幫我檢查狂三，修改成較接近本篇狂三的橘公司老師，以及繪製性感時髦的狂三和形形色色角色的NOCO老師，真的非常感謝你們。

也請各位支持同一天發售的《約會大作戰DATE A LIVE》最新一集！

不過，既然拿起這本書在閱讀後記，我想應該已經買了吧！

下一集，跳過第六領域，前往火焰與熔岩的荒涼大地！

另外，第五領域是不毛之地這件事，與在《約會大作戰DATE A LIVE》本篇出場的超級可愛妹妹的胸部有些寂寥荒涼並沒有特別的因果關係。

東出　祐一郎

國家圖書館出版品預行編目資料

約會大作戰DATE A BULLET赤黑新章 / 東出祐一郎作 ; Q太郎譯. -- 初版. -- 臺北市 : 臺灣角川, 2020.01-

冊 ;　公分. -- (Kadokawa fantastic novels)

譯自 : デート・ア・バレット : デート・ア・ライブ　フラグメント

ISBN 978-957-743-501-9(第5冊 : 平裝)

861.57　　108019511

Kadokawa
Fantastic
Novels

約會大作戰DATE A BULLET 赤黑新章 5

（原著名：デート・ア・ライブ フラグメント　デート・ア・バレット 5）

2020年1月31日　初版第1刷發行
2023年8月10日　初版第2刷發行

作　　者：東出祐一郎
原案・監修：橘公司
插　　畫：NOCO
譯　　者：Q太郎

發 行 人：岩崎剛人
總 編 輯：蔡佩芬
編　　輯：孫千棻
美術設計：吳佳昫
印　　務：李明修（主任）、張加恩（主任）、張凱棋

發 行 所：台灣角川股份有限公司
地　　址：104台北市中山區松江路223號3樓
電　　話：（02）2515-3000
傳　　真：（02）2515-0033
網　　址：www.kadokawa.com.tw
劃撥帳戶：台灣角川股份有限公司
劃撥帳號：19487412
法律顧問：有澤法律事務所
製　　版：巨茂科技印刷有限公司
ＩＳＢＮ：978-957-743-501-9